"工"事"工"办：
教你怎样做
劳动能力鉴定

中国法制出版社
CHINA LEGAL PUBLISHING HOUSE

目　录

第2部分 劳动能力鉴定的程序

第3部分 附 录

写在前面的话

在日常生活中，人们常以"工伤鉴定"或"伤残鉴定"等说法来涵盖劳动能力鉴定。劳动能力鉴定与工伤职工的待遇密切相关。根据《工伤保险条例》第二十一条的规定："职工发生工伤，经治疗伤情相对稳定后存在残疾、影响劳动能力的，应当进行劳动能力鉴定。"劳动能力鉴定是利用医学科学方法和手段，依据鉴定标准，对伤病劳动者的伤、病、残程度和丧失劳动能力的综合评定，它能够准确认定职工的伤残、病残程度，是确定工伤保险待遇的基础。进行劳动能力鉴定，一方面有利于保障伤残、病残职工的合法权益；在另一方面，如果未有适当的程序和方法，鉴定结论可能成为妨碍当事人主张合法权利的障碍。本书旨在为大家介绍劳动能力鉴定的程序，弥补广大职工专业知识的欠缺，使得广大工伤职工能更有效地主张自己的合法权益。

本书重点在于向广大读者介绍劳动能力鉴定的程序，包括鉴定的步骤、需要提交的相关文书内容和模板。同时本书附带介绍有关劳动能力鉴定的基本知识，包括劳动能力鉴定与工伤认定的关系、劳动能力鉴定的种类、劳动能力鉴定委员会的组成和工作程序等。

在工伤职工劳动能力鉴定之外，还存在因病或非因工负伤劳动鉴定等其他情形，本书中所指的劳动能力鉴定除特别说明的情况，仅指因工伤引起、以享受工伤保险为目的的劳动能力鉴定。

第 *1* 部分　什么是劳动能力鉴定

一、工伤认定和劳动能力鉴定

（一）什么是工伤认定

工伤认定是指，国家行政机关即劳动保障部门根据国家相关法规的规定（如《工伤保险条例》、《工伤认定办法》等），确定职工受伤或职业病是否属于工伤范围的过程。

《工伤保险条例》第十四条规定了应当认定为工伤的情形：（1）在工作时间和工作场所内，因工作原因受到事故伤害的；（2）工作时间前后在工作场所内，从事与工作有关的预备性或者收尾性工作受到事故伤害的；（3）在工作时间和工作场所内，因履行工作职责受到暴力等意外伤害的；（4）患职业病的；（5）因工外出期间，由于工作原因受到伤害或者发生事故下落不明的；（6）在上下班途中，受到机动车事故伤害的。同时，该法第十五条规定了视同工伤的情形：（1）在工作时间和工作岗位，突发疾病死亡或者在48小时之内经抢救无效死亡的；（2）在抢险救灾等维护国家利益、公共利益活动中受到伤害的；（3）职工原在军队服役，因战、因公负伤致残，已取得革命伤残军人证，到用人单位后旧伤复发的。

《工伤保险条例》第五条规定：国务院劳动保障行政部门负责全国的工伤保险工作。县级以上地方各级人民政府劳动保障行政部门负责本行政区域内的工伤保险工作。任何单位的职工发生伤害事故，需要进行工伤认定，均向劳动保障行政部门提出认定申请，由劳动保障行政部门作出是否属于工伤的行政决定；如果用人单位参加省级单独统筹的，向所在地设区的市级劳动保障行政部门提出工伤认定申请。跨地区施工企业职工发生事故伤害提出工伤认定申请的，由负责该企业工伤保险管理工作的统筹地区劳动保障行政部门承担工伤认定，事故发生地劳动保障行政部门协助调查；也可由企业所在统筹地区的劳动保障行政部门委托事故发生地劳动保障行政部门进行调查取证工作，认定结论由委托方出具。

劳动保障行政部门应当自受理工伤认定申请之日起 60 日内作出工伤认定决定，认定决定包括工伤或视同工伤的认定决定和不属于工伤或不视同工伤的认定决定。对于工伤或视同工伤的认定决定，当事人应该在法律规定的时间内提出劳动能力鉴定，以获得工伤保险待遇。

😃 **法律提示**

如果工伤认定申请不被受理，或对工伤认定结果不服，怎么办？

如果对劳动保障行政部门作出的不予受理决定不服，当事人既可以提出行政复议，也可以起诉至法院，进行行政诉讼，但对劳动保障行政部门作出的认定工伤或认定不构成工伤的结论不服的，当事人应首先提请行政复议，对复议决定不服的，再依法提起行政诉讼。

（二）劳动能力鉴定以及工伤认定与劳动能力鉴定的关系

劳动能力鉴定是指，劳动能力鉴定机构（劳动能力鉴定委员会）对劳动者在职业活动中因工负伤或患职业病后，根据《工伤保险条例》等相关法律、法规规定，在评定伤残等级时通过医学检查对劳动功能障碍程度（伤残程度）和生活自理障碍程度做出的判定结论。一般情况下，没有获得工伤认定的职工，提起劳动能力鉴定的申请将很可能不被劳动能力鉴定机构受理。[①]

其中，对职业病进行的劳动能力鉴定，属于特殊的劳动能力鉴定的类型。对职业病进行的劳动能力鉴定，其程序与一般劳动能力鉴定的程序略有不同在本部分第二部分中对此作了详细介绍。一般而言，对普通工伤进行劳动能力鉴定的需要提交《工伤认定决定书》；对于职业病的劳动能力鉴定，需

---

① 注意，这里所说的情况针对的是以获得工伤保险相应待遇为目的的工伤职工劳动能力鉴定。对于其他因病或非因工伤残而需要进行劳动能力鉴定的，当然不以工伤认定为条件，而是有相应的其他条件为前提。这也说明，申请人在填写鉴定申请时务必正确选择鉴定类别。此外，非法用工等特殊情况，请见下文说明。

要提交《职业病诊断证明书》等相关文件。

根据《工伤保险条例》第二十三条规定："劳动能力鉴定由用人单位、工伤职工或者其直系亲属向设区的市级劳动能力鉴定委员会提出申请，并提供工伤认定决定和职工工伤医疗的有关资料。"因此，如果未有工伤认定决定，劳动能力鉴定委员会很有可能不会受理劳动能力鉴定申请。但有关案例表明，某些情况下，即便没有工伤认定，劳动能力鉴定委员会同样有职责出具劳动能力鉴定结论。

😀 **法律提示**

如果未先有工伤认定，劳动鉴定部门受理了劳动能力鉴定申请并作出鉴定结论，该结论是否可以成为法院作出判决的证据？

关于这个问题，可以参考以下案例：

[案情]①

张某于2002年11月16日进入A工厂从事操作印刷机工作，双方没有签订劳动合同，A工厂也

———————

① 参考（2005）佛中法民一终字第868号判决。

未为张某参加社会工伤保险。2003 年 4 月 7 日，张某在 A 工厂车间工作时受伤，被送至医院治疗，并使用他人名义住院至 2003 年 5 月 31 日；2003 年 10 月 8 日至同年 10 月 24 日和 2003 年 12 月 10 日至 2004 年 1 月 4 日期间，张某两次在该医院住院治疗，共住院 97 天。2004 年 3 月 23 日经某市劳动能力鉴定委员会评定被告的伤残等级为 6 级。2004 年 6 月 1 日某市劳动和社会保障局认定张某受伤为工伤。A 工厂提出行政复议称：工伤认定决定还没有作出，就先作出劳动能力鉴定，在程序上是违法的，因此鉴定结论因程序违法而不成立。2004 年 9 月 22 日，某市人民政府作出行政复议决定书维持原工伤认定结果。A 工厂遂提起行政诉讼。

[审判]

原告雇请被告从事印刷机操作工作，虽然没有签订劳动合同，但形成事实劳动关系，应受法律保护。被告在原告处工作过程中因工受伤，应享受工伤待遇。由于原告没有为被告办理相关的工伤保险，故被告的所有工伤待遇应由 A 工厂支付。对于劳动能力鉴定结论是否合法，法院认为：一般情况

下，工伤职工进行劳动能力鉴定要提供工伤认定和工伤医疗的有关资料。但本案中，由于 A 工厂作为用人单位在其员工发生工伤后，没有按照《某省工伤保险条例》的规定履行向劳动保障行政部门提出书面工伤认定申请的义务，故 A 工厂对张某未能及时进行工伤认定存在过错。而且，法律并没有明确规定工伤认定是劳动能力鉴定的必经前置程序，《工伤保险条例》第二十三条的规定也不是强制性条款，故某市劳动能力鉴定委员会接受被上诉人的申请并无不当，该机构作出的劳动能力鉴定是有效的。

对本案的相关分析意见认为：本案争议的焦点是工伤认定与劳动能力鉴定的关系。依据《工伤保险条例》规定，劳动能力鉴定委员会有权决定是否受理当事人提出的鉴定申请。《工伤认定书》是劳动能力鉴定委员审核的文件之一，没有工伤认定，

鉴定委员会在大多数情况下会拒绝受理鉴定申请;①
但鉴定委员会有权针对具体情况作出变通,在没有
工伤认定的情况下首先对职工进行劳动能力鉴定。
因此,严格说,工伤认定不是劳动能力鉴定的法定
前置程序,只要是鉴定委员会按照程序作出的劳动
能力鉴定,就是法院可以认定的证据。但我们还是
要强调,对未做工伤认定因而申请材料不齐全的情
况,劳动能力鉴定委员会是可以不受理的。

(三) 工伤认定与劳动能力鉴定的区别

工伤认定与劳动能力鉴定不是同一回事,它们
是同一工伤处理过程的不同阶段,在时间上具有承
接关系,两者存在下列不同之处:

(1) 目的不同。

工伤认定的目的在于确定是否构成工伤事故责
任,而劳动能力鉴定则是为了确定工伤职工享受何
种工伤待遇。

---

① 例如,根据《北京市劳动能力鉴定委员会鉴定程
序》,当事人提供资料不完整的,并且在规定时间内未补正
的,视为未提出劳动能力鉴定的申请。

（2）作出决定的机构不同。

工伤认定行为由劳动保障行政部门依照法定职权作出。而劳动能力鉴定行为由当地劳动保障、人事、卫生行政部门和工会组织、经办机构代表以及用人单位代表组成的劳动能力鉴定委员会作出。

（3）程序不同。

劳动保障行政部门认定工伤时应当根据职工的工伤保险待遇申请，医疗机构初次治疗工伤的诊断书、企业的工伤报告，或者劳动行政部门根据职工的申请进行调查的工伤报告，自受理工伤认定申请之日起60日内作出是否认定工伤的决定。

而劳动能力鉴定行为是劳动保障行政部门在工伤认定后，由劳动能力鉴定委员会聘请相关专家组成专家组，提出鉴定意见，劳动能力鉴定委员会根据专家组的鉴定意见作出劳动能力鉴定结论。一般而言，劳动能力鉴定委员会应当自收到劳动能力鉴定申请之日起60日内作出劳动能力鉴定结论。

（4）救济途径不同。

申请工伤认定的职工或单位对工伤认定结论不服，可以通过行政复议、行政诉讼途径解决。而申请劳动能力鉴定的单位或者个人对设区的市级劳动能力鉴定委员会作出的伤残等级鉴定结论不服的，可以在收到该鉴定结论之日起 15 日内向省、自治区、直辖市劳动能力鉴定委员会提出再次鉴定申请；省级鉴定部门作出的鉴定结论属于最终结论，不能再行提起行政复议。

二、劳动能力鉴定的内容

劳动能力鉴定分为劳动功能障碍程度和生活自理障碍程度的等级鉴定，劳动能力鉴定结论应包含劳动功能障碍程度和生活自理障碍程度两方面的说明。

劳动功能障碍分为十个伤残等级，最重的为一级，最轻的为十级；生活自理障碍分为三个等级：生活完全不能自理、生活大部分不能自理和生活部分不能自理。

劳动能力鉴定标准由国务院劳动保障行政部门会同国务院行政部门等部门制定。目前有效的鉴定标准是 2006 年 11 月 2 日发布、2007 年 5 月 1 日实施的《劳动能力鉴定 职工工伤与职业病致残等级》（GB/T16180－2006），该标准参考了世界卫生组织有关"损害、功能障碍与残疾"的国际分类，以及美国、英国、日本等国家残疾分级原则和基准。这一新的鉴定标准代替了原来的《职工工伤与职业病致残程度鉴定》。关于新旧标准的衔接问题，《劳动和社会保障部关于新旧劳动能力鉴定标准衔接有关问题处理意见的通知》作了说明：一、从2007年5月1日开始，劳动能力鉴定委员会对符合《工伤保险条例》规定的申请劳动能力鉴定的工伤职工进行初次劳动能力鉴定时，要按新标准规定执行。二、对于2007年5月1日前已经作初次鉴定结论，工伤职工按照《工伤保险条例》的规定申请再次鉴定的，2007年5月1日后，劳动能力鉴定委员会应按新标准进行鉴定。三、对于2007年5月1日前已作鉴定结论的，如果伤情发生变化，工伤职工在2007年5月1日后申请复查鉴定的，复查鉴定按新标准执行。但伤情加重，复查鉴定级别低于原级别的，原鉴定级别不再改变。伤情未发生变化，在2007年5月1日后申请复查鉴定的，原鉴定结论不变。四、对于在2007年5月1日前已经作出了鉴定结论的，而在新标准实施后进行复查鉴定且伤残级别提高的，工伤保险长期待遇做相应提高，工伤保险一次性伤残补助金不再调整。

三、可以申请进行劳动能力鉴定的范围

劳动能力鉴定机构受理的与工伤有关的鉴定范围一般包括：

（1）因工负伤、患职业病职工的伤残程度鉴定；

（2）因工负伤、患职业病职工的护理依赖程度鉴定；

（3）因工负伤职工旧伤复发的鉴定；

（4）因工负伤职工延长停工留薪期的鉴定；

（5）伤病人员复工的劳动能力鉴定；

（6）伤病人员需要安排康复的鉴定；

（7）伤残人员配置辅助器具的鉴定；

（8）伤亡职工供养直系亲属劳动能力鉴定。

其中，按照《因工伤死亡职工供养亲属范围规定》（2003 年 9 月 23 日劳动和社会保障部令第 18 号）规定，伤亡职工供养直系亲属指的是该职工的

配偶、子女、父母、祖父母、外祖父母、孙子女、外孙子女、兄弟姐妹。

四、劳动能力鉴定机构

（一）劳动能力鉴定委员会

在我国，劳动能力鉴定部门不是国家行政机构。劳动能力鉴定机构是劳动能力鉴定委员会，它分为两级：省级劳动能力鉴定委员会和设区的市级劳动能力鉴定委员会。申请鉴定的单位或者个人对设区的市级劳动能力鉴定委员会作出的鉴定结论不服的，可以在收到该鉴定结论之日起 15 日内向省、自治区、直辖市劳动能力鉴定委员会提出再次鉴定申请；省、自治区、直辖市劳动能力鉴定委员会作出的劳动能力鉴定结论为最终结论。

劳动能力鉴定委员会由政府的劳动和社会保障行政部门、人事行政部门、卫生行政部门、工会组织、经办机构代表以及用人单位等机构派代表组成。劳动能力鉴定委员会可以设立劳动能力鉴定中心或劳动能力鉴定委员会办公室，作为其常设办事机构，负责劳动能力鉴定的日常工作，并定期向市劳动能力鉴定委员会报告工作。

劳动能力鉴定委员会，通常会建立劳动能力鉴定的医疗专家库，列入专家库的专家应当至少具备下列条件：（1）具有医疗卫生高级专业技术职务任职资格；（2）掌握劳动能力鉴定的相关知识；（3）具有良好的职业品德。医疗鉴定库的鉴定专家在履行职责后一般可获得适当的报酬。

劳动能力鉴定委员会根据工作需要，针对具体的劳动能力鉴定申请指派专家组成专家组。劳动能力鉴定委员会根据专家组的鉴定意见，确定伤残职工的劳动功能障碍程度和生活护理依赖程度，作出劳动能力鉴定结论。

（二）专家组

设区的市级劳动能力鉴定委员会收到劳动能力鉴定申请后，应当从其建立的医疗卫生专家库中随机抽取3名或者5名相关专家组成专家组，由专家组对具体的劳动能力鉴定事项提出鉴定意见。为避免鉴定工作受主观意识的影响和医疗专家个人认识局限及学术观点的分歧，在专家的内部意见不能统一的时候，按多数专家的意见作出鉴定意见，呈报鉴定委员会。但一般要求将少数医疗鉴定专家的意见记入笔录；医疗鉴定专家组不能形成多数意见时，由劳动能力鉴定委员会依照一定程序作出鉴定决定。

对于复杂的劳动能力鉴定申请，劳动能力鉴定委员会认为必要时，可以委托具备资格的医疗机构协助进行有关的诊断。

五、劳动能力鉴定结论的法律效力

鉴定结论是民事诉讼中的证据类型之一，劳动能力鉴定结论是劳动争议、特别是工伤争议中的重要证据。

证据是当事人举证的、能够证明案件真实情况的材料，它是法院作出判决的依据，但它不是判决本身。因此当事人不能仅依据劳动能力鉴定结论就获得赔偿或享受工伤保险待遇。

😀 法律提示

对再次劳动能力鉴定结论不服，是否可以在诉讼过程中申请重新进行劳动能力鉴定？

[案情]

颜某于 2003 年 9 月到某煤矿井下从事采煤工作，同年 10 月 5 日颜某在煤矿 3 号采煤工作面采煤，工作到 10 点钟左右，一浮岩垮塌将颜某的右脸部和左腿打伤。经某县人民医院诊断为：颜某左下脸及颌面部裂伤，左股骨粗隆间骨折，左髋臼骨折。颜某住院治疗期间，某煤矿支付了部分医疗费用，颜某自己垫付了 888.6 元。2004 年 7 月 20 日，县劳动和社会保障局作出工伤认定决定书，认定颜某受伤属于工伤。2004 年 12 月 30 日，经某县劳动鉴定委员会鉴定，颜某被评为六级伤残，无护理程度依赖，颜某垫付鉴定费 200 元。2005 年 1 月颜某向县劳动争议仲裁委员会申请仲裁。2005 年 2 月 28 日，省劳动鉴定委员会作出再次鉴定结论通知书，颜某被评为七级伤残，无护理程度依赖。2005 年 5 月 18 日，县劳动争议仲裁委员会作出仲裁决定书。颜某不服仲裁裁决，依法向法院提起诉讼，同时提出司法鉴定申请，要求法院重新委托鉴定机构对伤残等级进行鉴定。

[审判]①

劳动能力鉴定委员会属于专业技术鉴定机构，其作出的劳动能力鉴定结论书并非具体行政行为，不属于行政诉讼的受案范围。因此法院驳回了当事人的要求重新鉴定的诉讼请求。

相关分析认为，这一判决有商榷的余地。对于鉴定结论是否具有医学上的真实性进行审查，不属于法院的管辖权范围，法院无权作出要求鉴定委员会进行重新鉴定的判决。但某省劳动鉴定委员会作出的劳动能力鉴定属于鉴定结论，是一种证据材料。法院有权根据《民事诉讼法》等相关法律规定，并结合具体案情，决定是否采用鉴定结论这一证据。当事人可以提供其他证据证明鉴定结论不具有医学上的真实性，不能反映案件的真实情况，因而请求法院不认定该鉴定结论的证据效力。

---

① 类似判决可参见：陈爱葵与佛山市南海区劳动和社会保障局行政失当纠纷上诉案，（2005）佛中法行终字第215号。

第2部分　劳动能力鉴定的程序

一、普通劳动能力鉴定程序

劳动能力鉴定简明流程图

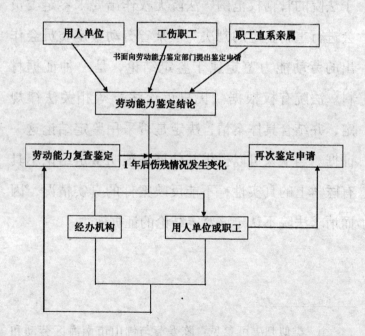

（一）劳动能力鉴定申请的提出

1. 提出主体。

用人单位、工伤职工或其直系亲属都有申请劳动能力鉴定的权利。

如果用人单位认为需要进行劳动能力鉴定，用人单位可直接提出鉴定申请。

从操作上说，职工或其直系亲属可先向用人单位提出要求，由用人单位申请鉴定。但如果工伤职工或其直系亲属认为职工的劳动能力受到了损害，而用人单位没有提出劳动能力鉴定的申请，工伤职工或其直系亲属当然可以自行提出劳动能力鉴定的申请。用人单位没有提起劳动能力鉴定申请，不是工伤职工及其直系亲属提出申请的前提；工伤职工或其直系亲属可以直接向劳动能力鉴定委员会提出申请。

直系亲属指的是该职工的配偶、子女、父母、祖父母、外祖父母、孙子女、外孙子女、兄弟姐妹。工伤职工不能提出劳动能力鉴定申请的，其直系亲属有权代其提出劳动能力鉴定申请。

当事人应当书面向市级劳动能力鉴定委员会提出劳动能力鉴定申请，并提交工伤认定结论、诊断证明书、检查结果、诊疗病历等资料。

2. 提出时间。

工伤发生后，经过治疗，工伤职工的伤情（或病情）相对稳定时，申请人可以向有关部门提出劳动能力鉴定的申请。在通常情况下，为保证当事人的合法权益，申请人应该于《工伤认定决定书》中确定的停工留薪期满时或之后一段时间内，或者是医疗期满后一段时间内提出劳动能力鉴定申请（如深圳市规定申请提出的时间是：医疗终结前已经作出工伤认定的，应当在医疗终结后三十日内提出；医疗终结后作出工伤认定的，应当在作出工伤认定后三十日内提出）。

3. 需要提交的材料。

申请劳动能力鉴定应向劳动能力鉴定委员会提供下列材料：

（1）职工或所在单位填写的职工劳动能力鉴定申请表；

（2）劳动保障行政部门出具的工伤认定结论；

（3）工伤职工完整的原始病历、治疗资料、诊断及结论，患职业病职工的职业病诊断书或职业病的诊断鉴定书等职工工伤医疗的有关资料；

（4）职工身份证复印件和照片；

（5）当地劳动能力鉴定部门要求递交的其他材料。如深圳市规定，申请人为工伤职工近亲属的，还应提供近亲属关系证明；申请人为单位的，应提供单位设立批准文件和复印件一份（加盖单位公章），经办人身份证原件和复印件一份以及单位的授权委托书（加盖单位公章）。

但对于非法用工单位的伤残人员，其在进行劳动能力鉴定时，许多省份的劳动能力鉴定委员会并不要求非法用工的伤残人员提供工伤认定决定书，在鉴定结论中注明鉴定性质为非法用工单位伤残人员劳动能力鉴定即可。

申请劳动能力鉴定需要提交劳动能力鉴定申请书或申请表。各地申请表的格式还是存在差异的，有的差异还比较大。这里选取某市劳动能力鉴定申请表作为例证，供读者参考。表中伤病情况的填写，可以参考出院记录。

劳动能力鉴定申请书

被鉴定人姓名		性别		出生年月		贴被鉴定人 近期 1寸照片
个人 社保卡号		身份证号				
用人单位全称						
单位行业 风险类别	一类　二类　三类		单位社保代码			
单位联系人 及电话		单位地址 及邮编				
被鉴定人 联系电话		被鉴定人住址 及邮政编码				
鉴定申请人：		单位□		个人□		

伤病情况	1. 伤病时间及诊断： 2. 治疗过程： 3. 目前存在的残疾和功能障碍情况：

鉴定类别	（1）初次鉴定　　　　　（2）复查鉴定
	1. 工伤（职业病）劳动能力鉴定及生活护理程度鉴定 2. 因病或者非因工受伤劳动能力鉴定 3. 职工现有伤残与伤害事故关系的鉴定 4. 伤残职工辅助器械配置鉴定 5. 离休干部护理依赖程度鉴定 6. 职工供养直系亲属劳动能力鉴定 7. 工伤职工停工留薪期鉴定 8. 其它

用人单位意见		主管部门意见	
	（公章） 　年　月　日		（公章） 　年　月　日

（二）受理和鉴定委员会工作程序简介

劳动能力鉴定委员会收到鉴定申请材料后，会在规定的期限内书面告知申请人是否需要补充提交材料。具体的期限需视各地的规定。例如，《北京市劳动能力鉴定委员会劳动鉴定程序》即规定该期限为 10 天。经审核后，对材料完整的，劳动能力鉴定委员会应下达《受理通知书》；申请材料不完整的，申请人应在指定期限内补齐全部材料。如未补齐材料，则可能会糟遇程序上的障碍。如上举北京的规定，申请人应在 30 日内补正材料，若不补正，视为未提出申请。

受理后，劳动能力鉴定委员会一般按照下列程序展开工作：

1. 对申请材料进行分类、整理、登记，确定鉴定时间和医务诊断科目；

2. 通知用人单位或被鉴定人在规定的时间内到指定医疗卫生服务机构接受专家医疗诊断；

3. 根据工伤职工伤残情况从医疗卫生专家库中随机抽取 3 或 5 名相关专家组成专家组，并形成专家组意见，情况复杂的可以进行进一步医疗检查；

4. 劳动能力鉴定委员会定期召集会议，对专家组提出的鉴定意见和国家规定标准进行评议并作出鉴定结论，并根据鉴定结论签发《职工劳动能力鉴定结论通知书》和《职工工伤和职业病伤残等级证》。

被鉴定人应持劳动能力鉴定受理通知书在指定的时间及地点进行鉴定；有特殊情形的，申请人可提交书面申请并经劳动能力鉴定委员会批准，延期进行鉴定；未经劳动能力鉴定委员会批准，被鉴定人不得自行更换鉴定时间和地点，否则无法进行正常鉴定、获得有效的鉴定结论。

申请延期的时间不计算在劳动能力鉴定的期限内。

（三）专家组、专家组意见

1. 专家组组成。

设区的市级劳动能力鉴定委员会收到劳动能力鉴定申请后，应当从其建立的医疗卫生专家库中随机抽取 3 名或者 5 名相关专家组成专家组，由专家组对具体的劳动能力鉴定事项提出鉴定意见。

2. 回避。

《工伤保险条例》规定，劳动能力鉴定委员会组成人员或者参加鉴定的专家与当事人有利害关系的，应当回避。一般而言，当事人认为特定医疗专家存在下列情形之一的，可以向劳动能力鉴定委员会提出回避申请：

（1）医疗专家本人是申请人、被鉴定人，或者其与申请人、被鉴定人及其代理人有利害关系的；

（2）与鉴定结论有利害关系的；

（3）因其他原因，可能影响其作出公正鉴定结论的。

医疗鉴定专家因回避或者其他原因不能履行职责的，劳动能力鉴定委员会应当按有关规定重新抽取医疗鉴定专家。

3. 鉴定的暂时停止和继续进行。

鉴定专家组对被鉴定人进行鉴定时，认为鉴定所需资料不齐或者需要进一步检查、治疗或者调查核实资料的，鉴定专家组可以作出以下处理：

（1）对资料不齐全的，以书面文件告知申请人补齐资料，并告知申请人下次鉴定的时间和地点；

（2）对需要进一步治疗的，以书面文件告知用人单位、被鉴定人或者其近亲属应当在规定的时间内进行治疗，并在完成治疗之日后提交有关治疗资料；

（3）鉴定专家组认为有必要对资料进行调查核实的，应当调查核实清楚，经调查核实应该继续鉴定的，劳动能力鉴定委员会以书面文件的形式告知下次鉴定的时间和地点；

（4）劳动能力鉴定的专家组认为需要进一步做医疗检查的，可暂不作出鉴定意见，而应以书面形式直接通知用人单位组织被鉴定人或被鉴定人自行到指定的医疗卫生服务机构进行诊断检查。

用人单位或职工应在接到书面告知书后按照劳动能力鉴定机构的要求，在规定的时间内（如北京劳动能力鉴定机构规定的为 60 日），将检查结果报到劳动能力鉴定委员会；医疗卫生服务机构对工伤职工的伤残情况进行检查后，应如实写出医疗检查结论，经医疗卫生机构医务部门审核盖章后，可作为诊断依据，专家组根据医疗机构的检查结论再作出鉴定意见。

补齐资料、检查、治疗以及调查核实资料所需时间，不计算在劳动能力鉴定时限内。

（四）鉴定结论的作出和送达

1. 鉴定意见与鉴定结论。

鉴定意见与鉴定结论是两个不同的概念。鉴定意见是专家组出具的，而鉴定结论是由劳动能力鉴定委员会作出的。鉴定意见不是鉴定程序最终的结果，而是作出鉴定结论的依据。整个鉴定程序最终由劳动能力鉴定委员会出具鉴定结论，表现为《劳动能力鉴定书》的形式。但劳动能鉴定委员会的结论不是随意作出的，它必须以专家组的鉴定意见为根据。

2. 《劳动能力鉴定书》的内容。

劳动能力鉴定书

被鉴定人	姓名		性别		出生年月		照片
	身份证号码			联系电话			
	通讯地址及邮编						
申请人	姓名或名称			与被鉴定人的关系			
	通讯地址及邮编				联系电话		
用人单位	单位名称						
	联系人				联系电话		
	通讯地址及邮编						
工伤认定部位			工伤认定决定书编号				
工伤受伤时间			申请鉴定、确认时治疗状况				
主要受伤和治疗经过或职业病病史							
委托鉴定事项		申请人（签章） 年　　月　　日					
劳动能力鉴定经办机构处理意见							

检查情况	年　月　日
专家组医疗诊断意见	年　月　日

专家组签名	姓名	职称	单　位

劳动能力鉴定委员会鉴定确认结论	被鉴定人工伤部位符合《劳动能力鉴定 职工工伤与职业病致残等级》（GB/T16180－2006）标准　　（符合等级条款项） 　　　　　　　　。鉴定确认结论为：（包括伤残等级、生活护理依赖、辅助器具配置或确认结论等） 　　　　　　　　　　　　　　　　　　（盖章） 　　　　　　　二〇　年　月　日
备注	

《劳动能力鉴定书》一般需要包括下列内容：

（1）被鉴定人和用人单位的基本情况。申请人可以是用人单位、受伤职工或其直系亲属。被鉴定人指的是工伤职工。如果已经进行工伤认定的，劳动能力鉴定书中还需要包含《工伤认定决定》中的基本内容，包括工伤认定部位、工伤认定决定书编号等信息。

（2）委托鉴定的事项。委托鉴定的事项包括：伤残程度鉴定、护理依赖程度鉴定、旧伤复发的鉴定、需要安排康复的鉴定、伤残人员配置辅助器具的鉴定、伤亡职工供养直系亲属劳动能力鉴定等。由申请人在以上范围内选择一项或多项鉴定申请。

（3）主要受伤和治疗经过或职业病病史。一般是已经提交材料中可以说明的受伤和治疗经过或职业病病史。材料主要包括委托人已经提供的能证明工伤和职业病情况的材料：病史材料（包括门诊、住院、手术病历等材料），已经进行的化验报告、检查报告等材料。

（4）鉴定机构、鉴定人的情况说明和签章。鉴定机构是指法律法规所规定的有权鉴定机构，在实践中主要指劳动能力鉴定委员会，鉴定人资格应当符合法律法规的相关规定，并在鉴定书中标明其职称、单位和专业等信息。鉴定人以专家的个人身份参与鉴定并对鉴定结论负责，应当签名以表明个人责任。鉴定结论中还应该包含作出鉴定结论的劳动能力鉴定委员会的签章。鉴定结论最终是以劳动能力鉴定委员会的名义作出的。

（5）专家组医疗诊断意见（若有）。专家组认为有必要进行医疗诊断的，医疗诊断之后，专家组应对医疗诊断结论作出医疗诊断意见，意见中包含该医疗诊断的主要内容。专家组医疗诊断意见是对工伤职工劳动能力进行的医学上的结论性意见，当专家组不能作出一致意见时，多数人意见为最终的"专家组医疗诊断意见"，呈报鉴定委员会，可以对少数人意见进行备注。

（6）劳动能力鉴定委员会结论。劳动能力鉴定委员会在对"专家组医疗诊断意见"进行分析的基础上，作出鉴定结论。鉴定结论是针对申请人委托鉴定的全部事项作出结论，包括伤残等级、生活护理依赖、辅助器具配置等方面的内容。

2. 鉴定结论作出的时间。

市级劳动能力鉴定委员会应当自收到劳动能力鉴定申请之日起 60 日内作出劳动能力鉴定结论；劳动能力鉴定委员会认为有必要时（一般在医疗卫生专业较多、情况复杂时作出延期的决定），可以延期作出劳动能力鉴定结论，但劳动能力鉴定结论必须在收到劳动能力鉴定申请之日起 90 日内作出。

😀 法律提示

鉴定结论作出的期限不包括当事人根据要求补齐申请材料、进一步医学检查、补正检查材料等花费的时间，因此在计算相应的 60 日或 90 日期限时，应扣除这些时间。

3. 送达。

鉴定委员会应及时将劳动能力鉴定结论分别送达申请鉴定的单位和个人。鉴定委员会一般会在当事人作出劳动能力申请时，与鉴定申请人约定送达的方式，送达方式可以包括邮寄、指定地方领取等多种方式。

用人单位为申请人的，用人单位应在接到鉴定结论后的规定时间内（北京劳动能力鉴定机构规定为 7 日），通知工伤职工本人或其直系亲属。

（五）《劳动能力鉴定 职工工伤与职业病致残等级》简述

2006 年 11 月 2 日颁布的《劳动能力鉴定 职工工伤与职业病致残等级》（GB/T16180－2006）规定，劳动能力鉴定分为劳动功能障碍程度（伤残程度）和生活自理障碍程度的等级鉴定，劳动能力鉴定结论应包含劳动功能障碍程度和生活自理障碍程度两方面的说明。该标准的判断依据，包括评定伤残等级鉴定时的器官损伤、功能障碍及其对医疗与护理的依赖程度，适当考虑了由伤残引起的社会心理因素，是对伤残程度的综合判定分级。

劳动功能障碍分为十个伤残等级，最重的为一级，最轻的为十级。在对伤残等级的判断中，包含了对医疗依赖和护理依赖的判断。一到三级伤残，有护理依赖并存在特殊的医疗依赖；四级伤残存在特殊的医疗依赖，可能存在部分护理依赖；五级以下的，不存在护理依赖，但可能存在一般的医疗依赖。医疗依赖指的是工伤致残于评定伤残等级技术鉴定后仍不能脱离治疗者。

生活自理障碍分为三个等级：生活完全不能自理、生活大部分不能自理和生活部分不能自理。生活自理程度是通过护理依赖程度来判断的。

护理依赖指的是工伤致残者因生活不能自理，需依赖他人护理者。生活自理范围主要包括五项：（1）进食；（2）翻身；（3）大、小便；（4）穿衣、洗漱；（5）自主行动。护理依赖的程度也分三级：（1）完全护理依赖：生活完全不能自理，上述五项均需护理；（2）大部分护理依赖：生活大部不能自理，上述五项中三项需要护理；（3）部分护理依赖：部分生活不能自理，上述五项中一项需要护理。①

心理障碍指的是一些特殊残情，在器官缺损或功能障碍的基础上虽不造成医疗依赖，但却导致心理障碍或减损伤残者的生活质量，在评定伤残等级

———————

① 注意：这里所说的五项中有一项需护理即构成部分护理依赖，但需要有三项需护理的才构成大部分护理依赖，五项全部需要护理才构成完全护理依赖，这就是说有二项要护理的情况属部分护理依赖，四项需护理的构成大部分护理依赖。

时，应适当考虑这些后果。

（六）当事人申请重新鉴定

申请劳动能力鉴定的用人单位、工伤人员或者其直系亲属对市级劳动能力鉴定委员会作出的鉴定结论不服的，可以在收到该鉴定结论之日起 15 日内向省级劳动能力鉴定委员会提出再次鉴定的书面申请。

省级劳动能力鉴定委员会的鉴定结论为最终结论，当事人不服省级鉴定委员会作出的鉴定结论，不能针对该结论或结论作出机关提出行政诉讼或民事诉讼。

（七）劳动能力复查鉴定

劳动能力鉴定结论作出之日起 1 年后，工伤职工或其直系亲属、所在单位或经办机构认为伤残情况发生变化的，可以向市级劳动能力鉴定委员会申请劳动能力复查鉴定。参与首次鉴定的医疗鉴定专家不得参与复查鉴定，若已经参加的，当事人可向劳动能力鉴定委员会提出回避申请。

用人单位、被鉴定人及其近亲属对市劳动能力鉴定委员会作出的复查鉴定结论不服的，可以自收到该鉴定结论之日起 15 日内依照有关程序向省级劳动能力鉴定委员会申请再次鉴定，省级劳动能力鉴定委员会的复查鉴定为最终结论。

对与工伤无关联疾病申请鉴定、不属旧伤复发或复查鉴定的结论没有变化的，所产生的鉴定费用由申请者承担。

😊 **法律提示**

工伤职工再次发生工伤的，其处理方式与工伤职工工伤复发不同。

再次发生工伤指的是工伤职工遭受两次或两次以上的工伤事故或患职业病，在前次工伤事故造成的病情经治疗并经劳动能力鉴定确定伤残等级后，再次遭受工伤事故或患职业病，后者加剧了工伤职工的病情。这类人员在治疗后，需经劳动能力鉴定委员会重新评定伤残等级。如果被重新确定伤残等级，根据规定应当享受伤残津贴的，就要按照新认定的伤残等级享受相应的伤残津贴待遇。

（八）费用负担

参加工伤保险的职工进行劳动能力鉴定不需要

缴纳任何费用，而非参保职工需要垫付一定费用，其费用可要求用人单位承担；职业病鉴定的费用由用人单位承担。但在下列情形中，劳动能力鉴定费用一般由申请人或委托人承担：

1. 复查鉴定结论没有变化的；

2. 鉴定的病伤与工伤无关联的；

3. 供养亲属未达到完全丧失劳动能力的；

4. 经确认不属于工伤复发的；

5. 委托鉴定的。

二、职业病鉴定的特殊规定

（一）职业病鉴定概述

患职业病属构成工伤的情形之一。在因职业病导致工伤的情形，由于在认定工伤之时就必须提交职业病诊断证明或鉴定，因此职业病鉴定的过程发生在工伤认定之前，当然也就在劳动能力鉴定程序之前。由于它有自己的程序，这里专门对此作一介绍。

1. 什么是职业病。

依据《中华人民共和国职业病防治法》第二条

规定:"职业病是指企业、事业单位和个体经济组织的劳动者在职业活动中,因接触粉尘、放射性物质和其他有毒、有害物质等因素而引起的疾病。"一般而言,患有职业病的职工,在外不一定有器官毁损的表现,故需要更专业的医疗知识才能确认是否患有职业病。职业病的分类和目录由国务院卫生行政部门会同国务院劳动保障行政部门规定、调整并公布,职业病的具体范围可参见卫生部、劳动保障部发布的《职业病目录》(卫法监发〔2002〕108 号),包括尘肺、职业性放射性疾病、职业中毒、物理因素所致职业病、生物因素所致职业病等十大类型。

2. 鉴定机构。

按照 2002 年颁布的《职业病诊断与鉴定管理办法》第三条和第十九条规定:职业病诊断应由省级卫生行政部门批准的医疗卫生机构承担;当事人对职业病诊断有异议的,在接到职业病诊断证明书之日起 30 日内,可以向做出诊断的医疗卫生机构所在地设区的市级卫生行政部门申请鉴定;设区的市级卫生行政部门组织的职业病诊断鉴定委员会负责职业病诊断争议的首次鉴定。

职业病诊断是技术行为，不是行政行为，没有行政级别区分，各承担职业病诊断的医疗机构出具的诊断证明书具有同等效力。也就是说，具有职业病诊断资格的医院等医疗机构，不管它是县里的，还是省里的，其诊断书的作用是一样的。劳动者申请职业病诊断时，应当首选本人居住地或用人单位所在地的县（区）行政区域内的职业病诊断机构进行诊断；如本地县（区）行政区域内没有职业病诊断机构，可以选择本地市行政区域内的职业病诊断机构进行诊断；如本地市行政区域内没有职业病诊断机构，可以选择本地省级行政区域内的职业病诊断机构进行诊断。

职业病的鉴定机构的设置与诊断机构不同，是有级别区分的。不同级别分别受理首次或再次鉴定事宜。市级卫生行政部门下属职业病鉴定委员会是首次鉴定机构，省级职业病鉴定委员会负责再次鉴定。

3. 职业病诊断和鉴定。

按照《职业病诊断与鉴定管理办法》规定，职业病鉴定分为职业病诊断和职业病鉴定两个步骤。

利益相关人对职业病诊断证明书有异议的，在接到职业病诊断证明书之日起 30 日内，可以向作出诊断的医疗卫生机构所在地设区的市级卫生行政部门申请职业病鉴定。

4. 典型职业病简介。

（1）尘肺。据有关数据显示，我国患尘肺病累计 58 万人，每年新发病例 1～1.5 万人，尘肺病一直位于职业病发病首位，尘肺病致残程度鉴定是职业病致残程度鉴定工作的重要组成部分。在尘肺鉴定中需要注意以下问题：

①肺功能损伤程度分级。肺功能损伤和呼吸困难程度是尘肺病致残程度鉴定的重要依据，同一期别的尘肺，由于肺功能损伤及呼吸困难程度的差异，鉴定的等级明显不同，工伤保险赔偿数额和就医待遇也大不相同。

②肺功能测定。肺功能测定在评定尘肺患者的肺功能损伤程度上具有极其重要的作用，也是致残程度鉴定标准中的重要依据。评定尘肺合并肺功能损伤程度时，不应单纯靠肺功能测定中几项指标来

评判，应结合临床体征、临床客观检查、X 线胸片、血气分析（对肺功能测定结果有异议者尤为重要）、肺功能测定结果等综合评判，再作结论。

③尘肺合并结核。按照职业病鉴定标准规定，尘肺 I、II 期合并活动性肺结核均鉴定为三级，在实际操作中，单凭 X 线胸片报告，难以确诊是否为活动性肺结核，需要经过专科医院的临床检查确诊，另外活动性肺结核在经过规则、联合、适量、全程抗结核药物治疗后，大部分可以转变为无活动性，因此，在一般操作中，先不予鉴定，经专科医院诊治一年以上，由专科医院做出明确的诊断之后，再做致残程度鉴定，以确保鉴定的可信度，维护国家、企业和尘肺病人的正当权益。

④尘肺的再次鉴定。尘肺一经诊断证明，即可申请致残程度鉴定，尘肺一般不存在医疗终结问题，所以一般每 1~2 年鉴定一次，即鉴定结果的有效期为 1~2 年。尘肺病由于病程进展缓慢，一般不会在 1~2 年期间有明显改变，且绝大部分职业病很少在 1~2 年内再次申请鉴定，只有部分职业病晋级后或病情确实明显加重者才考虑申请再鉴

定。因此有职业病专家建议，尘肺职业病患者应及时在病情加重时申请再次鉴定。

（2）职业中毒。随着化工等行业的迅速发展，职业中毒病人呈明显增多趋势。职业中毒依其外部表现的状态可分为急性职业性中毒和慢性职业性中毒。

①急性职业性中毒。急性职业性中毒病人，绝大多数经过积极、有效、正确救治，可以很快治愈，大部分病人不会遗留并发症或后遗症。急性职业性中毒存在医疗终结问题，故此类病人虽然诊断为急性职业中毒，但致残程度往往达不到级别；但少部分急性重度职业中毒病人，救治后不同程度存在一些后遗症，短期内又无法治愈，甚至终生不愈，这部分病人需作致残程度鉴定，应在职业病诊断和鉴定时参照标准中各系统、各器官病症标准予以定级，在一定期限内根据病情变化而再次鉴定。

②慢性职业性中毒。慢性职业性中毒病人，经过一定的医疗期限仍未痊愈，并且经过职业病专业机构诊断为慢性职业性中毒者，可申请致残程度鉴定。但慢性中毒病人在经过治疗，脱离原有毒有害

工作岗位后，大部分可以在一定期限内逐渐康复，故鉴定工作可与职业病诊断有效期限同步进行，一般约为 1～2 年，应随职业病诊断的变更而定期重新鉴定。定级亦参照标准中有关心、肺、肝、肾、脑、血液、神经等脏器和系统病证进行综合分析归类。

（二）职业病鉴定程序

1. 职业病诊断。

（1）职业病诊断主体。职业病诊断应当由省级卫生行政部门批准的医疗卫生机构承担。省级卫生行政部门按照有关法律批准合格的医疗卫生机构，并颁发《职业病诊断机构批准证书》，其有效期限为 4 年。同时省级卫生行政部门向医生颁发职业病诊断的资格证书。未取得省级卫生部门颁发的职业病诊断证书的单位和个人不得从事有关职业病诊断的工作。

按照《职业病诊断与鉴定管理办法》第四条规定，从事职业病诊断的医疗卫生机构应具备的条件是：①持有《医疗机构执业许可证》；②具有与开展职业病诊断相适应的医疗卫生技术人员；③具有与开展职业病诊断相适应的仪器、设备；④具有健全的职业病诊断质量管理制度。

按照《职业病诊断与鉴定管理办法》第五条规定，从事职业病鉴定的医师应具备的条件是：①具有执业医师资格；②具有中级以上卫生专业技术职务任职资格；③熟悉职业病防治法律规范和职业病诊断标准；④从事职业病诊疗相关工作 5 年以上；⑤熟悉工作场所职业病危害防治及其管理并经培训、考核合格。

（2）职业病诊断申请和诊断标准。疑似患有职业病的劳动者，可以选择用人单位所在地或本人居住地的职业病诊断机构进行诊断。这里的居住地指的是劳动者的经常居住地，即劳动者的户籍所在地或者劳动者连续居住满一年的地方。

当事人在申请职业病诊断时应当提供下列资料：①职业史、既往史；①职业健康监护档案复印件；③职业健康检查结果；④工作场所历年职业病危害因素检测、评价资料；⑤诊断机构要求提供的其他必需的有关材料。

职业病诊断应当依据职业病诊断标准，结合职业病危害接触史、工作场所职业病危害因素检测与评价、临床表现和医学检查结果等资料，进行综合分析做出。对不能确诊的疑似职业病病人，可以经必要的医学检查或者住院观察后，再做出诊断。

疑似职业病患者应提供详细的职业史，这主要有利于接诊医师了解其所从事的劳动情况（包括产品种类、工艺流程、生产过程）、环境状况、劳动保护措施等，这些有助于确定劳动者在工作中接触的是何种职业病危害因素。职业病危害接触史应由用人单位提供，用人单位不提供或者不如实提供诊断所需资料的，职业病诊断机构应当根据当事人提供的自述材料、相关人员证明材料、卫生监督机构或取得资质的职业卫生技术服务机构提供的有关材料，按照《中华人民共和国职业病防治法》第二十四条的规定作出诊断。

职业病危害接触史和现场危害调查与评价是对一些职业危害接触很明确的疑似职业病患者作出的调查和评价，包括接触毒物量的多少、接触时间的长短，现场危害调查及评价资料均是明确诊断的第一手必备资料。

其他必要材料主要包括临床表现和医学检查等，临床表现指的是对疑似职业病患者的症状及体征进行检查，职业病患者的临床表现有些是特异性的、有些是非特异的，如铅中毒引起的腹绞痛就是典型的临床表现；对疑似职业病患者的医学检查，除一般的实验室检查外，另有一些特异性检查项目，如血铅、尿铅的测定，均对职业病的临床诊断具有参考价值。

按照《中华人民共和国职业病防治法》的规定，用人单位应当如实提供有关职业卫生和健康监护等资料，劳动者和有关机构也应当提供职业病诊断、鉴定有关资料。

3. 职业病诊断程序。

（1）申请和受理。工伤职工及其近亲属、用人单位可以提出职业病诊断的申请，由医疗卫生机构决定是否受理该申请。

对于没有职业病危害接触史或者健康检查没有发现异常的，即便当事人提交职业病诊断的申请，医疗卫生机构也可以直接不予受理。

对于受理的职业病诊断申请，医疗机构应当场或在合理期限内向申请人和用人单位分别发放《职业病诊断受理通知书》。

（2）诊断意见的作出。疑似职业病患者应在指定的时间内、在指定的医疗机构进行相关的医学检查。

职业病诊断机构在进行职业病诊断时，应当组织3名以上取得职业病诊断资格的执业医师进行集体诊断，诊断过程如实记录。根据诊断医师的一致意见形成诊断结论，参与诊断的医师应共同签名；对职业病诊断有意见分歧的，应当按多数人的意见诊断；对不同意见应当如实记录。

（3）出具诊断证明书。职业病诊断机构做出职业病诊断后，应当向当事人出具职业病诊断证明书。职业病诊断证明书应明确包括是否患有职业病的诊断结论；对患有职业病的，还应当载明所患职业病的名称、程度（期别）、处理意见和复查时间。

诊断证明书的形式要件。职业病诊断证明书应当由参加诊断的医师共同签署，并经职业病诊断机构审核盖章。职业病诊断证明书至少一式三份，劳动者、用人单位各执一份，诊断机构存档一份，通常情况下，会向用人单位所在地的卫生行政部门备案一份，其格式由卫生部统一规定。

职业病诊断证明书

姓名： 性别： 出生日期： 年 月 日			
工作单位：			
职业接触史：			
临床表现：			
实验室检查结果：			
依据的诊断标准：			
诊断结论：			
处理意见：			
诊断医师： 诊断机构：			
（签章） （公章）			
年 月 日 年 月 日			

（4）职业病档案保存要求。职业病诊断机构应当建立职业病诊断档案并永久保存，档案内容应当包括：①职业病诊断证明书；②职业病诊断过程记录：包括参加诊断的人员、时间、地点、讨论内容及诊断结论；③用人单位和劳动者提供的诊断用所有资料；⑤现场调查笔录及分析评价报告。

（5）职业病诊断流程图：

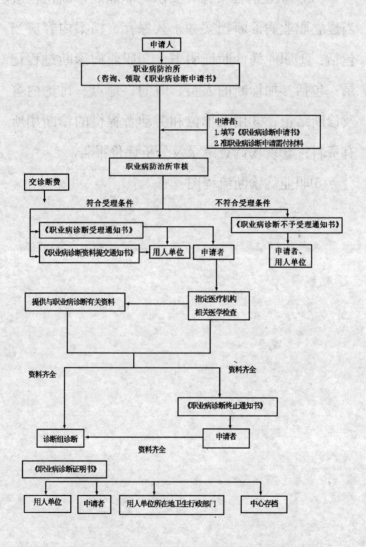

4. 用人单位职责。

用人单位和医疗卫生机构发现职业病病人或者疑似职业病病人时，应当按规定报告。确诊为职业病的，用人单位还应当向所在地县级劳动保障行政部门报告。

确诊为职业病的患者，用人单位应当按照职业病诊断证明书上注明的复查时间，妥善安排职工进行复查。

（二）职业病鉴定

1. 职业病鉴定主体。

做出诊断的医疗卫生机构所在地设区的市级卫生行政部门是进行首次职业病鉴定的主体。该市省级卫生行政部门对职业病负责再次鉴定，再次鉴定是最终鉴定。

卫生行政部门组织职业病鉴定委员会，由职业病鉴定委员会负责有关职业病争议的具体鉴定事宜；同时卫生行政部门设立专门的职业病鉴定办事机构。职业病诊断鉴定委员会组成人数为 5 人以上单数，鉴定委员会设主任委员 1 名，由鉴定委员会推举产生。

一般而言，省级卫生行政部门应建立职业病专家库。被列入专家库的专业技术人员需要满足以下条件：①具有良好的业务素质和职业道德；②具有相关专业的高级卫生技术职务任职资格；③具有五年以上相关工作经验；④熟悉职业病防治法律规范和职业病诊断标准；⑤身体健康，能够胜任职业病诊断鉴定工作。

参加具体的职业病鉴定的专家，由申请鉴定的当事人在职业病诊断鉴定办事机构的主持下，从专家库中以随机抽取的方式确定。

专家出现如下情形时，当事人可以向鉴定委员会提出回避申请：①是职业病诊断鉴定当事人或者当事人近亲属的；②与职业病诊断鉴定有利害关系的；③与职业病诊断鉴定当事人有其他关系，可能影响公正鉴定的。

2. 职业病鉴定程序。

（1）首次职业病鉴定申请。当事人对职业病诊断有异议的，在接到职业病诊断证明书之日起30日内，可以向作出诊断的医疗卫生机构所在地设区的市级卫生行政部门申请鉴定。如果当事人对诊断结果无异议，则不需要再经过鉴定程序，职业病诊断证明书即可作为工伤认定的依据，在劳动能力鉴定申请时提交的就将是诊断证明书，而不是鉴定书。

当事人申请职业病诊断鉴定时，应当提供如下材料：①职业病诊断鉴定申请书；②职业病诊断证明书；③在职业病诊断时要求提供的材料；以及其他有关资料。

（2）材料审查和受理。

职业病诊断鉴定办事机构应当自收到申请资料之日起10日内完成材料审核，对材料齐全的发给受理通知书；材料不全的，一般而言，办事机构会以当场告知或以书面的形式通知当事人补齐所有材料。办事机构受理申请后应在60日内组织鉴定委员会进行鉴定。

鉴定委员会在审查当事人提供的材料时，如其认为必要，可以听取当事人的陈述和申辩。如认为必要，鉴定委员会还可以对被鉴定人进行医学检查、对被鉴定人的工作场所进行现场调查取证；对被鉴定人进行医学检查、对被鉴定人的工作场所进行现场调查取证等工作由职业病诊断鉴定办事机构安排、组织。鉴定委员会可以根据需要向原职业病诊断机构调阅有关的诊断资料。还可以根据需要向用人单位索取与鉴定有关的资料，用人单位应当如实提供，并对提供有关资料的真实性承担责任。

（3）职业病鉴定流程图。

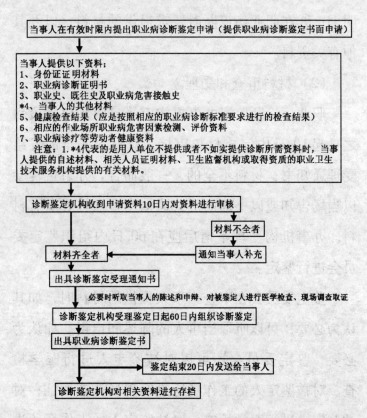

当事人在有效时限内提出职业病诊断鉴定申请（提供职业病诊断鉴定书面申请）

当事人提供以下资料：
1、身份证证明材料
2、职业病诊断证明书
3、职业史、既往史及职业病危害接触史
*4、当事人的其他材料
5、健康检查结果（应是按照相应的职业病诊断标准要求进行的检查结果）
6、相应的作业场所职业病危害因素检测、评价资料
7、职业病诊疗等劳动者健康资料
    注意：1.*4代表的是用人单位不提供或者不如实提供诊断所需资料时，当事人提供的自述材料、相关人员证明材料、卫生监督机构或取得资质的职业卫生技术服务机构提供的有关材料。

诊断鉴定机构收到申请资料10日内对资料进行审核

材料不全者

材料齐全者 ← 通知当事人补充

出具诊断鉴定受理通知书

必要时听取当事人的陈述和申辩、对被鉴定人进行医学检查、现场调查取证

诊断鉴定机构受理鉴定日起60日内组织诊断鉴定

出具职业病诊断鉴定书

鉴定结束20日内发送给当事人

诊断鉴定机构对相关资料进行存档

（4）职业病再次鉴定申请。当事人对设区的市

级职业病诊断鉴定委员会的鉴定结论不服的，在接到职业病诊断鉴定书之日起 15 日内，可以向原鉴定机构所在地省级卫生行政部门申请再鉴定。

三、职业病诊断和鉴定中的难点

在目前职业病诊断和鉴定活动中，存在以下难点：

1. 难以确认劳动者职业危害接触史。

对于劳动者职业危害接触史的证明过程中存在以下难以解决的问题：（1）当劳动者在申请职业病诊断时不能提供职业危害接触史证明材料时，向用人单位索取但其拒绝提供；（2）劳动者提供的职业病危害接触史与用人单位提供的资料出入较大。

《中华人民共和国职业病防治法》与《职业病诊断与鉴定管理办法》规定用人单位和有关机构应当按照诊断机构的要求，如实提供必要的资料，但对不提供者，却没有明确规定该承担什么法律责任，也没有规定谁负责实施监督责任。为维护劳动者的健康权益，似应及早修订和完善《职业病诊断与鉴定管理办法》，明确各级卫生行政部门依法履行督促用人单位如实提供必要的资料的职责，并对不作为的用人单位实施相应的处罚。

遇到劳动者提供的职业危害接触史与用人单位提供的资料出入较大时，医疗机构可以在卫生监督部门的辅助下，认真核实资料，应具体规定医疗机构的调查取证的条件和职权范围。

2. 疑似职业病患者难以提供职业健康监护档案资料或工作场所历年职业病危害因素检测资料。

《职业病诊断与鉴定管理办法》第十二条规定，职业病诊断应当依据职业病诊断标准，结合职业病危害接触史、工作场所职业病危害因素检测与评价、临床表现和医学检查结果等资料，进行综合分析作出。但在受理诊断申请时，往往劳动者或用人单位都不能提供详细的职业健康监护档案资料与工作场所历年职业病危害因素检测资料，这是因为目前我国大多数的用人单位未能建立、健全工作场所职业病危害因素检测制度和职业健康检查制度，没有建立、健全职业卫生档案和劳动者健康档案。该办法没有规定不能提供这些资料时引起的不利后果应由哪方承担，这使得具体职业病诊断和鉴定过程中的纠纷更为复杂。

职业病诊断机构接受当事人职业病诊断申请后，如当事人不能提供职业健康监护档案资料或工作场所历年职业病危害因素检测资料，应及早对用人单位进行工作场所检测和同工种人员职业健康检查，掌握用人单位职业病危害情况，为职业病诊断提供依据。各级卫生监督部门应加强对用人单位职业卫生的监督检查，督促用人单位建立、健全职业卫生档案和劳动者健康档案。相关法律法规应具体规定医疗机构和卫生行政部门调查取证的条件和职权范围。

3. 如何界定劳动者的经常居住地。

《中华人民共和国职业病防治法》第四十条规定劳动者对职业病诊断地有选择权。《职业病诊断与鉴定管理办法》第十条作了进一步的规定：劳动者可以选择用人单位所在地或本人经常居住地的职业病诊断机构进行诊断。对于异地劳动者拿着老家医疗卫生机构出具的职业病诊断证明书向用人单位要求给予职业病待遇时，往往遭受用人单位和用人单位所在地劳动保障部门不予"采纳"的结果，理由是异地诊断机构未执行《职业病诊断与鉴定管理办法》的有关规定进行职业病诊断，诊断不具有程序上的合法性。法律上的一个难点是如何界定劳动者的经常居住地。

全国人大常委会法制工作委员会等编写的《〈职业病防治法〉条文释义》对法律赋予劳动者选择异地职业病诊断作了如下的解释：劳动用工制度的变化，形成了大量流动人群的异地作业，当他们返乡后，身患各种疾病而怀疑为"职业病"时，常因经济条件限制，不能返回原工作地进行职业病诊断。也就是说，《中华人民共和国职业病防治法》制定"异地诊断"规定的实质精神是为解决那些返乡后疑患"职业病"的劳动者的职业病诊断问题，但不是要求劳动者"舍近求远"，从现在工作的居住地跑回既往居住的老家去申请诊断。对"经常居住地"的解释，《最高人民法院关于贯彻执行〈民法通则〉若干问题的意见》中明文规定：公民离开住所地最后连续居住1年以上的地方，为经常居住地；对于未满一年的，户籍所在地为其经常居住地。有关劳动保障部门应该按照具体情况认定经居住地相应机构已经作出的疑似职业病患者的职业病诊断和鉴定书的效力，而不应笼统地以程序不合法为由一概不予"采纳"。

四、职业病鉴定中对工伤职工的特殊保护

1. 因果关系的推定。

按照《职业病诊断与鉴定管理办法》第十三条规定：没有证据否定职业病危害因素与病人临床表现之间的必然联系的，在排除其他致病因素后，应当诊断为职业病。因此，在无法排除疑似职业病患者疾病与其从业过程中危害因素的关系时，法院判决应该推定这种因果关系的成立。

2. 费用由用人单位承担。

法律提示

用人单位应在何时支付诊断和鉴定费用？用人单位预先支付费用的，疑似职业病患者是否需要提供担保？

[案情]①

原告宋某于 1992 年 10 月起为被告某五金文具制品厂的员工，2002 年 11 月 14 日遭解雇，某五金文具制品厂已按规定给予宋某有关解除劳动关系的经济补偿。2002 年 12 月 18 日，宋某自行到深圳市职业病诊断鉴定中心进行诊断，某五金文具制品厂在宋某的《深圳市职业病诊断鉴定申请表》上加盖了其印章。2003 年 1 月 5 日，某市职业病诊断组作出了《疑似职业病人告知书》，并通知宋某到某省职业病防治院作进一步的诊断。2003 年 4 月 21 日，某省职业病防治院向宋某发出受理职业病诊断申请通知书。宋某于是在 2003 年 8 月 1 日向该市某区区劳动争议仲裁委员会申请劳动仲裁，要求某五金文具制品厂承担有关鉴定费用，该市某区劳动争议仲裁委员会通知不予受理。宋某于 2003 年 8 月 5 日起诉至该市某区人民法院，要求进行职业病鉴定，并要求某五金文具制品厂承担鉴定费用 1 万元。诉讼期间，该市某区人民法院通知宋某在某五金文具制

① 案例参考 www.cnpension.net 2008 – 01 – 22

品厂预先支付鉴定费的同时提供担保，而宋某未能按法院要求提供担保。该市某区人民法院因故判决驳回宋某的诉讼请求。

[审判]

根据《中华人民共和国职业病防治法》第四十六条：职业病诊断鉴定费用由用人单位承担。《中华人民共和国职业病防治法》第四十九条：用人单位应当及时安排对疑似职业病病人进行诊断，疑似职业病病人在诊断、医学观察期间的费用，由用人单位承担。《职业病诊断与鉴定管理办法》第三十一条的规定：职业病诊断、鉴定的费用由用人单位承担。市中院撤销了该区人民法院的判决，并判令某五金文具制品厂自判决生效之日起 10 日内，安排宋某进行职业病诊断鉴定，并承担宋某职业病诊断费 1500 元，职业病鉴定费 6800 元。

相关分析指出：职业病诊断鉴定费由单位承担，法律并未规定疑似职业病病人在诊断、医学观察期间的费用应由疑似职业病病人进行担保才能由用人单位承担，因此上述案件中某市中院判决某五金文具制品厂安排宋某进行职业病诊断，并直接承担或预付宋某在职业病诊断、医学观察期间的费用，该做法是正确的。

3. 职业病诊断和鉴定期间用人单位不得解聘职工。

现行《中华人民共和国劳动合同法》第十七条规定："劳动合同应当具备劳动保护、劳动条件和职业危害防护的内容。"该法第四十二条同时规定："从事接触职业病危害作业的劳动者未进行离岗前职业健康检查，或者疑似职业病病人在诊断或者医学观察期间时，用人单位不得解除劳动合同；在本单位患职业病或者因工负伤并被确认丧失或者部分丧失劳动能力的，不得解除劳动合同。"

因此，用人单位在工伤职工进行职业病鉴定期间，不得擅自解除与劳动者的劳动合同，否则将承担违法解除除劳动合同的相应后果。

第3部分 附 录

工伤保险条例

（2003 年 4 月 16 日国务院第 5 次常务
会议通过 2003 年 4 月 27 日中华人民
共和国国务院令第 375 号公布 自
2004 年 1 月 1 日起施行）

第一章 总 则

第一条 为了保障因工作遭受事故伤害或者患职业病的职工获
得医疗救治和经济补偿，促进工伤预防和职业康复，分散用人单位
的工伤风险，制定本条例。

第二条 中华人民共和国境内的各类企业、有雇工的个体工商
户（以下称用人单位）应当依照本条例规定参加工伤保险，为本单

位全部职工或者雇工（以下称职工）缴纳工伤保险费。

中华人民共和国境内的各类企业的职工和个体工商户的雇工，均有依照本条例的规定享受工伤保险待遇的权利。

有雇工的个体工商户参加工伤保险的具体步骤和实施办法，由省、自治区、直辖市人民政府规定。

第三条 工伤保险费的征缴按照《社会保险费征缴暂行条例》关于基本养老保险费、基本医疗保险费、失业保险费的征缴规定执行。

第四条 用人单位应当将参加工伤保险的有关情况在本单位内公示。

用人单位和职工应当遵守有关安全生产和职业病防治的法律法规，执行安全卫生规程和标准，预防工伤事故发生，避免和减少职业病危害。

职工发生工伤时，用人单位应当采取措施使工伤职工得到及时救治。

第五条 国务院劳动保障行政部门负责全国的工伤保险工作。

县级以上地方各级人民政府劳动保障行政部门负责本行政区域内的工伤保险工作。

劳动保障行政部门按照国务院有关规定设立的社会保险经办机构（以下称经办机构）具体承办工伤保险事务。

第六条 劳动保障行政部门等部门制定工伤保险的政策、标准，应当征求工会组织、用人单位代表的意见。

第二章　工伤保险基金

第七条 工伤保险基金由用人单位缴纳的工伤保险费、工伤保险基金的利息和依法纳入工伤保险基金的其他资金构成。

第八条 工伤保险费根据以支定收、收支平衡的原则，确定费率。

国家根据不同行业的工伤风险程度确定行业的差别费率，并根据工伤保险费使用、工伤发生率等情况在每个行业内确定若干费率档次。行业差别费率及行业内费率档次由国务院劳动保障行政部门会同国务院财政部门、卫生行政部门、安全生产监督管理部门制定，报国务院批准后公布施行。

统筹地区经办机构根据用人单位工伤保险费使用、工伤发生率等情况，适用所属行业内相应的费率档次确定单位缴费费率。

第九条 国务院劳动保障行政部门应当定期了解全国各统筹地区工伤保险基金收支情况，及时会同国务院财政部门、卫生行政部门、安全生产监督管理部门提出调整行业差别费率及行业内费率档次的方案，报国务院批准后公布施行。

第十条 用人单位应当按时缴纳工伤保险费。职工个人不缴纳工伤保险费。

用人单位缴纳工伤保险费的数额为本单位职工工资总额乘以单位缴费费率之积。

第十一条 工伤保险基金在直辖市和设区的市实行全市统筹，其他地区的统筹层次由省、自治区人民政府确定。

跨地区、生产流动性较大的行业，可以采取相对集中的方式异地参加统筹地区的工伤保险。具体办法由国务院劳动保障行政部门会同有关行业的主管部门制定。

第十二条 工伤保险基金存入社会保障基金财政专户，用于本条例规定的工伤保险待遇、劳动能力鉴定以及法律、法规规定的用于工伤保险的其他费用的支付。任何单位或者个人不得将工伤保基金用于投资运营、兴建或者改建办公场所、发放奖金，或者挪作其他用途。

第十三条　工伤保险基金应当留有一定比例的储备金，用于统筹地区重大事故的工伤保险待遇支付；储备金不足支付的，由统筹地区的人民政府垫付。储备金占基金总额的具体比例和储备金的使用办法，由省、自治区、直辖市人民政府规定。

第三章　工伤认定

第十四条　职工有下列情形之一的，应当认定为工伤：

（一）在工作时间和工作场所内，因工作原因受到事故伤害的；

（二）工作时间前后在工作场所内，从事与工作有关的预备性或者收尾性工作受到事故伤害的；

（三）在工作时间和工作场所内，因履行工作职责受到暴力等意外伤害的；

（四）患职业病的；

（五）因工外出期间，由于工作原因受到伤害或者发生事故下落不明的；

（六）在上下班途中，受到机动车事故伤害的；

（七）法律、行政法规规定应当认定为工伤的其他情形。

第十五条　职工有下列情形之一的，视同工伤：

（一）在工作时间和工作岗位，突发疾病死亡或者在 48 小时之内经抢救无效死亡的；

（二）在抢险救灾等维护国家利益、公共利益活动中受到伤害的；

（三）职工原在军队服役，因战、因公负伤致残，已取得革命伤残军人证，到用人单位后旧伤复发的。

职工有前款第（一）项、第（二）项情形的，按照本条例的有关规定享受工伤保险待遇；职工有前款第（三）项情形的，按照本条例的有关规定享受除一次性伤残补助金以外的工伤保险待遇。

第十六条 职工有下列情形之一的，不得认定为工伤或者视同工伤：

（一）因犯罪或者违反治安管理伤亡的；

（二）醉酒导致伤亡的；

（三）自残或者自杀的。

第十七条 职工发生事故伤害或者按照职业病防治法规定被诊断、鉴定为职业病，所在单位应当自事故伤害发生之日或者被诊断、鉴定为职业病之日起30日内，向统筹地区劳动保障行政部门提出工伤认定申请。遇有特殊情况，经报劳动保障行政部门同意，申请时限可以适当延长。

用人单位未按前款规定提出工伤认定申请的，工伤职工或者其直系亲属、工会组织在事故伤害发生之日或者被诊断、鉴定为职业病之日起1年内，可以直接向用人单位所在地统筹地区劳动保障行政部门提出工伤认定申请。

按照本条第一款规定应当由省级劳动保障行政部门进行工伤认定的事项，根据属地原则由用人单位所在地的设区的市级劳动保障行政部门办理。

用人单位未在本条第一款规定的时限内提交工伤认定申请，在此期间发生符合本条例规定的工伤待遇等有关费用由该用人单位负担。

第十八条 提出工伤认定申请应当提交下列材料：

（一）工伤认定申请表；

（二）与用人单位存在劳动关系（包括事实劳动关系）的证明材料；

（三）医疗诊断证明或者职业病诊断证明书（或者职业病诊断鉴定书）。

工伤认定申请表应当包括事故发生的时间、地点、原因以及职工伤害程度等基本情况。

工伤认定申请人提供材料不完整的，劳动保障行政部门应当一次性书面告知工伤认定申请人需要补正的全部材料。申请人按照书面告知要求补正材料后，劳动保障行政部门应当受理。

第十九条　劳动保障行政部门受理工伤认定申请后，根据审核需要可以对事故伤害进行调查核实，用人单位、职工、工会组织、医疗机构以及有关部门应当予以协助。职业病诊断和诊断争议的鉴定，依照职业病防治法的有关规定执行。对依法取得职业病诊断证明书或者职业病诊断鉴定书的，劳动保障行政部门不再进行调查核实。

职工或者其直系亲属认为是工伤，用人单位不认为是工伤的，由用人单位承担举证责任。

第二十条　劳动保障行政部门应当自受理工伤认定申请之日起60日内作出工伤认定的决定，并书面通知申请工伤认定的职工或者其直系亲属和该职工所在单位。

劳动保障行政部门工作人员与工伤认定申请人有利害关系的，应当回避。

第四章　劳动能力鉴定

第二十一条　职工发生工伤，经治疗伤情相对稳定后存在残疾、影响劳动能力的，应当进行劳动能力鉴定。

第二十二条 劳动能力鉴定是指劳动功能障碍程度和生活自理障碍程度的等级鉴定。

劳动功能障碍分为十个伤残等级，最重的为一级，最轻的为十级。

生活自理障碍分为三个等级：生活完全不能自理、生活大部分不能自理和生活部分不能自理。

劳动能力鉴定标准由国务院劳动保障行政部门会同国务院卫生行政部门等部门制定。

第二十三条 劳动能力鉴定由用人单位、工伤职工或者其直系亲属向设区的市级劳动能力鉴定委员会提出申请，并提供工伤认定决定和职工工伤医疗的有关资料。

第二十四条 省、自治区、直辖市劳动能力鉴定委员会和设区的市级劳动能力鉴定委员会分别由省、自治区、直辖市和设区的市级劳动保障行政部门、人事行政部门、卫生行政部门、工会组织、经办机构代表以及用人单位代表组成。

劳动能力鉴定委员会建立医疗卫生专家库。列入专家库的医疗卫生专业技术人员应当具备下列条件：

（一）具有医疗卫生高级专业技术职务任职资格；

（二）掌握劳动能力鉴定的相关知识；

（三）具有良好的职业品德。

第二十五条 设区的市级劳动能力鉴定委员会收到劳动能力鉴定申请后，应当从其建立的医疗卫生专家库中随机抽取3名或者5名相关专家组成专家组，由专家组提出鉴定意见。设区的市级劳动能力鉴定委员会根据专家组的鉴定意见作出工伤职工劳动能力鉴定结论；必要时，可以委托具备资格的医疗机构协助进行有关的诊断。

设区的市级劳动能力鉴定委员会应当自收到劳动能力鉴定申请之日起 60 日内作出劳动能力鉴定结论，必要时，作出劳动能力鉴定结论的期限可以延长 30 日。劳动能力鉴定结论应当及时送达申请鉴定的单位和个人。

第二十六条 申请鉴定的单位或者个人对设区的市级劳动能力鉴定委员会作出的鉴定结论不服的，可以在收到该鉴定结论之日起 15 日内向省、自治区、直辖市劳动能力鉴定委员会提出再次鉴定申请。省、自治区、直辖市劳动能力鉴定委员会作出的劳动能力鉴定结论为最终结论。

第二十七条 劳动能力鉴定工作应当客观、公正。劳动能力鉴定委员会组成人员或者参加鉴定的专家与当事人有利害关系的，应当回避。

第二十八条 自劳动能力鉴定结论作出之日起 1 年后，工伤职工或者其直系亲属、所在单位或者经办机构认为伤残情况发生变化的，可以申请劳动能力复查鉴定。

第五章 工伤保险待遇

第二十九条 职工因工作遭受事故伤害或者患职业病进行治疗，享受工伤医疗待遇。

职工治疗工伤应当在签订服务协议的医疗机构就医，情况紧急时可以先到就近的医疗机构急救。

治疗工伤所需费用符合工伤保险诊疗项目目录、工伤保险药品目录、工伤保险住院服务标准的，从工伤保险基金支付。工伤保险诊疗项目目录、工伤保险药品目录、工伤保险住院服务标准，由国务院劳动保障行政部门会同国务院卫生行政部门、药品监督管理部门等部门规定。

职工住院治疗工伤的，由所在单位按照本单位因公出差伙食补助标准的70%发给住院伙食补助费；经医疗机构出具证明，报经办机构同意，工伤职工到统筹地区以外就医的，所需交通、食宿费用由所在单位按照本单位职工因公出差标准报销。

工伤职工治疗非工伤引发的疾病，不享受工伤医疗待遇，按照基本医疗保险办法处理。

工伤职工到签订服务协议的医疗机构进行康复性治疗的费用，符合本条第三款规定的，从工伤保险基金支付。

第三十条 工伤职工因日常生活或者就业需要，经劳动能力鉴定委员会确认，可以安装假肢、矫形器、假眼、假牙和配置轮椅等辅助器具，所需费用按照国家规定的标准从工伤保险基金支付。

第三十一条 职工因工作遭受事故伤害或者患职业病需要暂停工作接受工伤医疗的，在停工留薪期内，原工资福利待遇不变，由所在单位按月支付。

停工留薪期一般不超过12个月。伤情严重或者情况特殊，经设区的市级劳动能力鉴定委员会确认，可以适当延长，但延长不得超过12个月。工伤职工评定伤残等级后，停发原待遇，按照本章的有关规定享受伤残待遇。工伤职工在停工留薪期满后仍需治疗的，继续享受工伤医疗待遇。

生活不能自理的工伤职工在停工留薪期需要护理的，由所在单位负责。

第三十二条 工伤职工已经评定伤残等级并经劳动能力鉴定委员会确认需要生活护理的，从工伤保险基金按月支付生活护理费。

生活护理费按照生活完全不能自理、生活大部分不能自理或者生活部分不能自理 3 个不同等级支付，其标准分别为统筹地区上年度职工月平均工资的 50%、40% 或者 30%。

第三十三条　职工因工致残被鉴定为一级至四级伤残的，保留劳动关系，退出工作岗位，享受以下待遇：

（一）从工伤保险基金按伤残等级支付一次性伤残补助金，标准为：一级伤残为 24 个月的本人工资，二级伤残为 22 个月的本人工资，三级伤残为 20 个月的本人工资，四级伤残为 18 个月的本人工资；

（二）从工伤保险基金按月支付伤残津贴，标准为：一级伤残为本人工资的 90%，二级伤残为本人工资的 85%，三级伤残为本人工资的 80%，四级伤残为本人工资的 75%。伤残津贴实际金额低于当地最低工资标准的，由工伤保险基金补足差额；

（三）工伤职工达到退休年龄并办理退休手续后，停发伤残津贴，享受基本养老保险待遇。基本养老保险待遇低于伤残津贴的，由工伤保险基金补足差额。

职工因工致残被鉴定为一级至四级伤残的，由用人单位和职工个人以伤残津贴为基数，缴纳基本医疗保险费。

第三十四条　职工因工致残被鉴定为五级、六级伤残的，享受以下待遇：

（一）从工伤保险基金按伤残等级支付一次性伤残补助金，标准为：五级伤残为 16 个月的本人工资，六级伤残为 14 个月的本人工资；

（二）保留与用人单位的劳动关系，由用人单位安排适当工作。难以安排工作的，由用人单位按月发给伤残津贴，标准为：五级伤残为本人工资的 70%，六级伤残为本人工资的 60%，并由用人单位按照规定为其缴纳应缴纳的各项社会保险费。伤残津贴实际金额低于当地最低工资标准的，由用人单位补足差额。

经工伤职工本人提出，该职工可以与用人单位解除或者终止劳动关系，由用人单位支付一次性工伤医疗补助金和伤残就业补助金。具体标准由省、自治区、直辖市人民政府规定。

第三十五条 职工因工致残被鉴定为七级至十级伤残的，享受以下待遇：

（一）从工伤保险基金按伤残等级支付一次性伤残补助金，标准为：七级伤残为 12 个月的本人工资，八级伤残为 10 个月的本人工资，九级伤残为 8 个月的本人工资，十级伤残为 6 个月的本人工资；

（二）劳动合同期满终止，或者职工本人提出解除劳动合同的，由用人单位支付一次性工伤医疗补助金和伤残就业补助金。具体标准由省、自治区、直辖市人民政府规定。

第三十六条 工伤职工工伤复发，确认需要治疗的，享受本条例第二十九条、第三十条和第三十一条规定的工伤待遇。

第三十七条 职工因工死亡，其直系亲属按照下列规定从工伤保险基金领取丧葬补助金、供养亲属抚恤金和一次性工亡补助金：

（一）丧葬补助金为 6 个月的统筹地区上年度职工月平均工资；

（二）供养亲属抚恤金按照职工本人工资的一定比例发给由因工死亡职工生前提供主要生活来源、无劳动能力的亲属。标准为：配偶每月 40%，其他亲属每人每月 30%，孤寡老人或者孤儿每人每月在上述标准的基础上增加 10%。核定的各供养亲属的抚恤金之和不应高于因工死亡职工生前的工资。供养亲属的具体范围由国务院劳动保障行政部门规定；

（三）一次性工亡补助金标准为 48 个月至 60 个月的统筹地区上年度职工月平均工资。具体标准由统筹地区的人民政府根据当地经济、社会发展状况规定，报省、自治区、直辖市人民政府备案。

伤残职工在停工留薪期内因工伤导致死亡的，其直系亲属享受本条第一款规定的待遇。

一级至四级伤残职工在停工留薪期满后死亡的，其直系亲属可以享受本条第一款第（一）项、第（二）项规定的待遇。

第三十八条 伤残津贴、供养亲属抚恤金、生活护理费由统筹地区劳动保障行政部门根据职工平均工资和生活费用变化等情况适时调整。调整办法由省、自治区、直辖市人民政府规定。

第三十九条 职工因工外出期间发生事故或者在抢险救灾中下落不明的，从事故发生当月起3个月内照发工资，从第4个月起停发工资，由工伤保险基金向其供养亲属按月支付供养亲属抚恤金。生活有困难的，可以预支一次性工亡补助金的50%。职工被人民法院宣告死亡的，按照本条例第三十七条职工因工死亡的规定处理。

第四十条 工伤职工有下列情形之一的，停止享受工伤保险待遇：

（一）丧失享受待遇条件的；

（二）拒不接受劳动能力鉴定的；

（三）拒绝治疗的；

（四）被判刑正在收监执行的。

第四十一条 用人单位分立、合并、转让的，承继单位应当承担原用人单位的工伤保险责任；原用人单位已经参加工伤保险的，承继单位应当到当地经办机构办理工伤保险变更登记。

用人单位实行承包经营的，工伤保险责任由职工劳动关系所在单位承担。

职工被借调期间受到工伤事故伤害的，由原用人单位承担工伤保险责任，但原用人单位与借调单位可以约定补偿办法。

企业破产的，在破产清算时优先拨付依法应由单位支付的工伤保险待遇费用。

第四十二条 职工被派遣出境工作，依据前往国家或者地区的法律应当参加当地工伤保险的，参加当地工伤保险，其国内工伤保险关系中止；不能参加当地工伤保险的，其国内工伤保险关系不中止。

第四十三条 职工再次发生工伤，根据规定应当享受伤残津贴的，按照新认定的伤残等级享受伤残津贴待遇。

第六章 监督管理

第四十四条 经办机构具体承办工伤保险事务，履行下列职责：

（一）根据省、自治区、直辖市人民政府规定，征收工伤保险费；

（二）核查用人单位的工资总额和职工人数，办理工伤保险登记，并负责保存用人单位缴费和职工享受工伤保险待遇情况的记录；

（三）进行工伤保险的调查、统计；

（四）按照规定管理工伤保险基金的支出；

（五）按照规定核定工伤保险待遇；

（六）为工伤职工或者其直系亲属免费提供咨询服务。

第四十五条 经办机构与医疗机构、辅助器具配置机构在平等协商的基础上签订服务协议，并公布签订服务协议的医疗机构、辅助器具配置机构的名单。具体办法由国务院劳动保障行政部门分别会同国务院卫生行政部门、民政部门等部门制定。

第四十六条 经办机构按照协议和国家有关目录、标准对工伤职工医疗费用、康复费用、辅助器具费用的使用情况进行核查,并按时足额结算费用。

第四十七条 经办机构应当定期公布工伤保险基金的收支情况,及时向劳动保障行政部门提出调整费率的建议。

第四十八条 劳动保障行政部门、经办机构应当定期听取工伤职工、医疗机构、辅助器具配置机构以及社会各界对改进工伤保险工作的意见。

第四十九条 劳动保障行政部门依法对工伤保险费的征缴和工伤保险基金的支付情况进行监督检查。

财政部门和审计机关依法对工伤保险基金的收支、管理情况进行监督。

第五十条 任何组织和个人对有关工伤保险的违法行为,有权举报。劳动保障行政部门对举报应当及时调查,按照规定处理,并为举报人保密。

第五十一条 工会组织依法维护工伤职工的合法权益,对用人单位的工伤保险工作实行监督。

第五十二条 职工与用人单位发生工伤待遇方面的争议,按照处理劳动争议的有关规定处理。

第五十三条 有下列情形之一的,有关单位和个人可以依法申请行政复议;对复议决定不服的,可以依法提起行政诉讼:

(一)申请工伤认定的职工或者其直系亲属、该职工所在单位对工伤认定结论不服的;

(二)用人单位对经办机构确定的单位缴费费率不服的;

(三)签订服务协议的医疗机构、辅助器具配置机构认为经办机构未履行有关协议或者规定的;

(四)工伤职工或者其直系亲属对经办机构核定的工伤保险待遇

有异议的。

第七章　法律责任

第五十四条　单位或者个人违反本条例第十二条规定挪用工伤保险基金，构成犯罪的，依法追究刑事责任；尚不构成犯罪的，依法给予行政处分或者纪律处分。被挪用的基金由劳动保障行政部门追回，并入工伤保险基金；没收的违法所得依法上缴国库。

第五十五条　劳动保障行政部门工作人员有下列情形之一的，依法给予行政处分；情节严重，构成犯罪的，依法追究刑事责任：

（一）无正当理由不受理工伤认定申请，或者弄虚作假将不符合工伤条件的人员认定为工伤职工的；

（二）未妥善保管申请工伤认定的证据材料，致使有关证据灭失的；

（三）收受当事人财物的。

第五十六条　经办机构有下列行为之一的，由劳动保障行政部门责令改正，对直接负责的主管人员和其他责任人员依法给予纪律处分；情节严重，构成犯罪的，依法追究刑事责任；造成当事人经济损失的，由经办机构依法承担赔偿责任：

（一）未按规定保存用人单位缴费和职工享受工伤保险待遇情况记录的；

（二）不按规定核定工伤保险待遇的；

（三）收受当事人财物的。

第五十七条　医疗机构、辅助器具配置机构不按服务协议提供服务的，经办机构可以解除服务协议。

经办机构不按时足额结算费用的，由劳动保障行政部门责令改正；医疗机构、辅助器具配置机构可以解除服务协议。

第五十八条 用人单位瞒报工资总额或者职工人数的，由劳动保障行政部门责令改正，并处瞒报工资数额1倍以上3倍以下的罚款。

用人单位、工伤职工或者其直系亲属骗取工伤保险待遇，医疗机构、辅助器具配置机构骗取工伤保险基金支出的，由劳动保障行政部门责令退还，并处骗取金额1倍以上3倍以下的罚款；情节严重，构成犯罪的，依法追究刑事责任。

第五十九条 从事劳动能力鉴定的组织或者个人有下列情形之一的，由劳动保障行政部门责令改正，并处2000元以上1万元以下的罚款；情节严重，构成犯罪的，依法追究刑事责任：

（一）提供虚假鉴定意见的；

（二）提供虚假诊断证明的；

（三）收受当事人财物的。

第六十条 用人单位依照本条例规定应当参加工伤保险而未参加的，由劳动保障行政部门责令改正；未参加工伤保险期间用人单位职工发生工伤的，由该用人单位按照本条例规定的工伤保险待遇项目和标准支付费用。

第八章 附 则

第六十一条 本条例所称职工，是指与用人单位存在劳动关系（包括事实劳动关系）的各种用工形式、各种用工期限的劳动者。

本条例所称工资总额，是指用人单位直接支付给本单位全部职工的劳动报酬总额。

本条例所称本人工资，是指工伤职工因工作遭受事故伤害或者患职业病前12个月平均月缴费工资。本人工资高于统筹地区职工平均工资300%的，按照统筹地区职工平均工资的300%计算；本人工资低于统筹地区职工平均工资60%的，按照统筹地区职工平均工资的60%计算。

第六十二条 国家机关和依照或者参照国家公务员制度进行人事管理的事业单位、社会团体的工作人员因工作遭受事故伤害或者患职业病的，由所在单位支付费用。具体办法由国务院劳动保障行政部门会同国务院人事行政部门、财政部门规定。

其他事业单位、社会团体以及各类民办非企业单位的工伤保险等办法，由国务院劳动保障行政部门会同国务院人事行政部门、民政部门、财政部门等部门参照本条例另行规定，报国务院批准后施行。

第六十三条 无营业执照或者未经依法登记、备案的单位以及被依法吊销营业执照或者撤销登记、备案的单位的职工受到事故伤害或者患职业病的，由该单位向伤残职工或者死亡职工的直系亲属给予一次性赔偿，赔偿标准不得低于本条例规定的工伤保险待遇；用人单位不得使用童工，用人单位使用童工造成童工伤残、死亡的，由该单位向童工或者童工的直系亲属给予一次性赔偿，赔偿标准不得低于本条例规定的工伤保险待遇。具体办法由国务院劳动保障行政部门规定。

前款规定的伤残职工或者死亡职工的直系亲属就赔偿数额与单位发生争议的，以及前款规定的童工或者童工的直系亲属就赔偿数额与单位发生争议的，按照处理劳动争议的有关规定处理。

第六十四条 本条例自 2004 年 1 月 1 日起施行。本条例施行前已受到事故伤害或者患职业病的职工尚未完成工伤认定的，按照本条例的规定执行。

工伤认定办法

（2003 年 9 月 23 日劳动和社会保障部令第
17 号公布　自 2004 年 1 月 1 日起施行）

第一条　为规范工伤认定程序，依法进行工伤认定，维护当事
人的合法权益，根据《工伤保险条例》的有关规定，制定本办法。

第二条　劳动保障行政部门进行工伤认定按照本办法执行。

第三条　职工发生事故伤害或者按照职业病防治法规定被诊断、
鉴定为职业病，所在单位应当自事故伤害发生之日或者被诊断、鉴
定为职业病之日起 30 日内，向统筹地区劳动保障行政部门提出工伤
认定申请。遇有特殊情况，经报劳动保障行政部门同意，申请时限
可以适当延长。

按照前款规定应当向省级劳动保障行政部门提出工伤认定申请
的，根据属地原则应向用人单位所在地设区的市级劳动保障行政部
门提出。

第四条　用人单位未在规定的期限内提出工伤认定申请的，受
伤害职工或者其直系亲属、工会组织在事故伤害发生之日或者被诊
断、鉴定为职业病之日起 1 年内，可以直接按本办法第三条规定提
出工伤认定申请。

第五条　提出工伤认定申请应当填写《工伤认定申请表》，并提
交下列材料：

（一）劳动合同文本复印件或其他建立劳动关系的有效证明；

（二）医疗机构出具的受伤后诊断证明书或者职业病诊断证明书（或者职业病诊断鉴定书）。

工伤认定申请表的样式由劳动保障部统一制定。

第六条 申请人提供材料不完整的，劳动保障行政部门应当当场或者在15个工作日内以书面形式一次性告知工伤认定申请人需要补正的全部材料。

第七条 工伤认定申请人提供的申请材料完整，属于劳动保障行政部门管辖范围且在受理时效内的，劳动保障行政部门应当受理。

劳动保障行政部门受理或者不予受理的，应当书面告知申请人并说明理由。

第八条 劳动保障行政部门受理工伤认定申请后，根据需要可以对提供的证据进行调查核实，有关单位和个人应当予以协助。用人单位、医疗机构、有关部门及工会组织应当负责安排相关人员配合工作，据实提供情况和证明材料。

第九条 劳动保障行政部门在进行工伤认定时，对申请人提供的符合国家有关规定的职业病诊断证明书或者职业病诊断鉴定书，不再进行调查核实。职业病诊断证明书或者职业病诊断鉴定书不符合国家规定的格式和要求的，劳动保障行政部门可以要求出具证据部门重新提供。

第十条 劳动保障行政部门受理工伤认定申请后，可以根据工作需要，委托其他统筹地区的劳动保障行政部门或相关部门进行调查核实。

第十一条 劳动保障行政部门工作人员进行调查核实，应由两名以上人员共同进行，并出示执行公务的证件。

第十二条 劳动保障行政部门工作人员进行调查核实时，可以行使下列职权：

（一）根据工作需要，进入有关单位和事故现场；

（二）依法查阅与工伤认定有关的资料，询问有关人员；

（三）记录、录音、录像和复制与工伤认定有关的资料。

第十三条 劳动保障行政部门人员进行调查核实时，应当履行下列义务：

（一）保守有关单位商业秘密及个人隐私；

（二）为提供情况的有关人员保密。

第十四条 职工或者其直系亲属认为是工伤，用人单位不认为是工伤的，由该用人单位承担举证责任。用人单位拒不举证的，劳动保障行政部门可以根据受伤害职工提供的证据依法作出工伤认定结论。

第十五条 劳动保障行政部门应当自受理工伤认定申请之日起60日内作出工伤认定决定。认定决定包括工伤或视同工伤的认定决定和不属于工伤或不视同工伤的认定决定。

第十六条 工伤认定决定应当载明下列事项：

（一）用人单位全称；

（二）职工的姓名、性别、年龄、职业、身份证号码；

（三）受伤部位、事故时间和诊治时间或职业病名称、伤害经过和核实情况、医疗救治的基本情况和诊断结论；

（四）认定为工伤、视同工伤或认定为不属于工伤、不视同工伤的依据；

（五）认定结论；

（六）不服认定决定申请行政复议的部门和期限；

（七）作出认定决定的时间。

工伤认定决定应加盖劳动保障行政部门工伤认定专用印章。

第十七条 劳动保障行政部门应当自工伤认定决定作出之日起

20个工作日内，将工伤认定决定送达工伤认定申请人以及受伤害职工（或其直系亲属）和用人单位，并抄送社会保险经办机构。

工伤认定法律文书的送达按照《民事诉讼法》有关送达的规定执行。

第十八条 工伤认定结束后，劳动保障行政部门应将工伤认定的有关资料至少保存20年。

第十九条 职工或者其直系亲属、用人单位对不予受理决定不服或者对工伤认定决定不服的，可以依法申请行政复议或者提起行政诉讼。

第二十条 进行工伤认定调查核实时，用人单位及人员拒不依法履行协助义务的，由劳动保障行政部门责令改正。

第二十一条 本办法自2004年1月1日起施行。

附：

编号：

工伤认定申请表

申请人：

受伤害职工：

申请人与受伤害职工关系：

申请人地址：

邮政编码：

联系电话：

填表日期：

劳动和社会保障部 制

填 表 说 明

1. 用钢笔或签字笔填写，字体工整清楚。

2. 申请人为用人单位或工会组织的，在名称处加盖公章。

3. 事业单位职工填写职业类别，企业职工填写工作岗位（或工种）类别。

4. 伤害部位一栏填写受伤的具体部位。

5. 诊断时间一栏，职业病者，按职业病确诊时间填写；受伤或死亡的，按初诊时间填写。

6. 职业病名称按照职业病诊断证明书或者职业病诊断鉴定书填写，接触职业病危害时间按实际接触时间填写。不是职业病的不填。

7. 受伤害经过简述，应写清事故时间、地点，当时所从事的工作，受伤害的原因以及伤害部位和程度。

职业病患者应写清在何单位从事何种有害作业，起止时间，确诊结果。

属于下列情况应提供相关的证明材料：

（1）因履行工作职责受到暴力伤害的，提交公安机关或人民法院的判决书或其他有效证明。

（2）由于机动车事故引起的伤亡事故提出工伤认定的，提交公安交通管理等部门的责任认定书或其他有效证明。

（3）因工外出期间，由于工作原因受到伤害的，提交公安部门证明或其他证明；发生事故下落不明的，认定因工死亡提交人民法院宣告死亡的结论。

（4）在工作时间和工作岗位，突发疾病死亡或者在 48 小时之内经抢救无效死亡的，提交医疗机构的抢救和死亡证明。

（5）属于抢险救灾等维护国家利益、公众利益活动中受到伤害的，按照法律法规规定，提交有效证明。

（6）属于因战、因公负伤致残的转业、复员军人，旧伤复发的，提交《革命伤残军人证》及医疗机构对旧伤复发的诊断证明。

对因特殊情况，无法提供相关证明材料的，应书面说明情况。

8. 受伤害职工或亲属意见栏应写明是否同意申请工伤认定，以上所填内容是否真实。

9. 用人单位意见栏，单位应签署是否同意申请工伤，所填情况是否属实，法定代表人签字并加盖单位公章。

10. 劳动和社会保障行政部门审查资料和受理意见栏应填写补正材料的情况，是否受理的意见。

职工姓名		性别		出生年月日	
身份证号码					
工作单位					
联系电话					
职业、工种或工作岗位		参加工作时间		申请工伤或视同工伤	
事故时间		诊断时间		伤害部位或疾病名称	
接触职业病危害时间		接触职业病危害岗位		职业病名称	
家庭详细地址					

受伤害经过简述（可附页）：

受伤害职工或亲属意见：
签字 年　　月　　日

用人单位意见：
法定代表人签字 印章 年　　月　　日

劳动保障行政部门审查资料情况和受理意见：
印章 年　　月　　日

备注：

职业病诊断与鉴定管理办法

（2002 年 3 月 28 日卫生部令第 24 号
发布　自 2002 年 5 月 1 日起施行）

第一章　总　　则

第一条　为了规范职业病诊断鉴定工作，加强职业病诊断、鉴定管理，根据《中华人民共和国职业病防治法》（以下简称《职业病防治法》），制定本办法。

第二条　职业病的诊断与鉴定工作应当遵循科学、公正、公开、公平、及时、便民的原则。

职业病诊断、鉴定工作应当依据《职业病防治法》及本办法的规定和国家职业病诊断标准进行，并符合职业病诊断与鉴定的程序。

第二章　诊 断 机 构

第三条　职业病诊断应当由省级卫生行政部门批准的医疗卫生机构承担。

第四条　从事职业病诊断的医疗卫生机构，应当具备以下条件：

（一）持有《医疗机构执业许可证》；

（二）具有与开展职业病诊断相适应的医疗卫生技术人员；

（三）具有与开展职业病诊断相适应的仪器、设备；

（四）具有健全的职业病诊断质量管理制度。

第五条 医疗卫生机构从事职业病诊断，应当向省级卫生行政部门提出申请，并提交以下资料：

（一）职业病诊断机构申请表；

（二）医疗机构执业许可证；

（三）申请从事的职业病诊断项目；

（四）与职业病诊断项目相适应的技术人员、仪器设备等资料；

（五）职业病诊断质量管理制度有关资料；

（六）省级卫生行政部门规定提交的其他资料。

第六条 省级卫生行政部门收到申请资料后，应当在 90 日内完成资料审查和现场考核，自现场考核结束之日起 15 日内，做出批准或者不批准的决定，并书面通知申请单位。批准的由省级卫生行政部门颁发职业病诊断机构批准证书。

职业病诊断机构批准证书有效期限为 4 年。

第七条 职业病诊断机构的职责是：

（一）在批准的职业病诊断项目范围内开展职业病诊断；

（二）职业病报告；

（三）承担卫生行政部门交付的有关职业病诊断的其他工作。

第八条 从事职业病诊断的医师应当具备以下条件，并取得省级卫生行政部门颁发的资格证书：

（一）具有执业医师资格；

（二）具有中级以上卫生专业技术职务任职资格；

（三）熟悉职业病防治法律规范和职业病诊断标准；

（四）从事职业病诊疗相关工作 5 年以上；

（五）熟悉工作场所职业病危害防治及其管理；

（六）经培训、考核合格。

第三章　诊　　断

第九条　职业病诊断机构依法独立行使诊断权，并对其做出的诊断结论承担责任。

第十条　劳动者可以选择用人单位所在地或本人居住地的职业病诊断机构进行诊断。

本办法所称居住地是指劳动者的经常居住地。

第十一条　申请职业病诊断时应当提供：

（一）职业史、既往史；

（二）职业健康监护档案复印件；

（三）职业健康检查结果；

（四）工作场所历年职业病危害因素检测、评价资料；

（五）诊断机构要求提供的其他必需的有关材料。

用人单位和有关机构应当按照诊断机构的要求，如实提供必要的资料。

没有职业病危害接触史或者健康检查没有发现异常的，诊断机构可以不予受理。

第十二条　职业病诊断应当依据职业病诊断标准，结合职业病危害接触史、工作场所职业病危害因素检测与评价、临床表现和医学检查结果等资料，进行综合分析做出。

对不能确诊的疑似职业病病人，可以经必要的医学检查或者住院观察后，再做出诊断。

第十三条 没有证据否定职业病危害因素与病人临床表现之间的必然联系的，在排除其他致病因素后，应当诊断为职业病。

第十四条 职业病诊断机构在进行职业病诊断时，应当组织三名以上取得职业病诊断资格的执业医师进行集体诊断。

对职业病诊断有意见分歧的，应当按多数人的意见诊断；对不同意见应当如实记录。

第十五条 职业病诊断机构做出职业病诊断后，应当向当事人出具职业病诊断证明书。职业病诊断证明书应当明确是否患有职业病，对患有职业病的，还应当载明所患职业病的名称、程度（期别）、处理意见和复查时间。

职业病诊断证明书应当由参加诊断的医师共同签署，并经职业病诊断机构审核盖章。

职业病诊断证明书应当一式三份，劳动者、用人单位各执一份，诊断机构存档一份。

职业病诊断证明书的格式由卫生部统一规定。

第十六条 用人单位和医疗卫生机构发现职业病病人或者疑似职业病病人时，应当按规定报告。确诊为职业病的，用人单位还应当向所在地县级劳动保障行政部门报告。

第十七条 职业病诊断机构应当建立职业病诊断档案并永久保存，档案内容应当包括：

（一）职业病诊断证明书；

（二）职业病诊断过程记录：包括参加诊断的人员、时间、地点、讨论内容及诊断结论；

（三）用人单位和劳动者提供的诊断用所有资料；

（四）临床检查与实验室检验等结果报告单；

（五）现场调查笔录及分析评价报告。

第十八条 确诊为职业病的患者，用人单位应当按照职业病诊断证明书上注明的复查时间安排复查。

第四章 鉴 定

第十九条 当事人对职业病诊断有异议的，在接到职业病诊断证明书之日起 30 日内，可以向做出诊断的医疗卫生机构所在地设区的市级卫生行政部门申请鉴定。

设区的市级卫生行政部门组织的职业病诊断鉴定委员会负责职业病诊断争议的首次鉴定。

当事人对设区的市级职业病诊断鉴定委员会的鉴定结论不服的，在接到职业病诊断鉴定书之日起 15 日内，可以向原鉴定机构所在地省级卫生行政部门申请再鉴定。

省级职业病诊断鉴定委员会的鉴定为最终鉴定。

第二十条 省级卫生行政部门应当设立职业病诊断鉴定专家库。专家库由具备下列条件专业技术人员组成：

（一）具有良好的业务素质和职业道德；

（二）具有相关专业的高级卫生技术职务任职资格；

（三）具有五年以上相关工作经验；

（四）熟悉职业病防治法律规范和职业病诊断标准；

（五）身体健康，能够胜任职业病诊断鉴定工作。

专家库专家任期四年，可以连聘连任。

第二十一条 职业病诊断鉴定委员会承担职业病诊断争议的鉴定工作。职业病诊断鉴定委员会由卫生行政部门组织。

第二十二条 卫生行政部门可以委托办事机构承担职业诊断鉴

定的组织和日常性工作。职业病诊断鉴定办事机构的职责是：

（一）接受当事人申请；

（二）组织当事人或者接受当事人委托抽取职业病诊断鉴定委员会专家；

（三）管理鉴定档案；

（四）承办与鉴定有关的事务性工作；

（五）承担卫生行政部门委托的有关鉴定的其他工作。

第二十三条 参加职业病诊断鉴定的专家，由申请鉴定的当事人在职业病诊断鉴定办事机构的主持下，从专家库中以随机抽取的方式确定。

当事人也可以委托职业病诊断鉴定办事机构抽取专家。

职业病诊断鉴定委员会组成人数为5人以上单数，鉴定委员会设主任委员1名，由鉴定委员会推举产生。

在特殊情况下，职业病诊断鉴定专业机构根据鉴定工作的需要，可以组织在本地区以外的专家库中随机抽取相关专业的专家参加鉴定或者函件咨询。

第二十四条 职业病诊断鉴定委员会专家有下列情形之一的，应当回避：

（一）是职业病诊断鉴定当事人或者当事人近亲属的；

（二）与职业病诊断鉴定有利害关系的；

（三）与职业病诊断鉴定当事人有其他关系，可能影响公正鉴定的。

第二十五条 当事人申请职业病诊断鉴定时，应当提供以下材料：

（一）职业病诊断鉴定申请书；

（二）职业病诊断证明书；

（三）本办法第十一条规定的材料；

（四）其他有关资料。

第二十六条 职业病诊断鉴定办事机构应当自收到申请资料之日起 10 日内完成材料审核，对材料齐全的发给受理通知书；材料不全的，通知当事人补充。

职业病诊断鉴定办事机构应当在受理鉴定之日起 60 日内组织鉴定。

第二十七条 鉴定委员会应当认真审查当事人提供的材料，必要时可以听取当事人的陈述和申辩，对被鉴定人进行医学检查，对被鉴定人的工作场所进行现场调查取证。

鉴定委员会根据需要可以向原职业病诊断机构调阅有关的诊断资料。

鉴定委员会根据需要可以向用人单位索取与鉴定有关的资料。用人单位应当如实提供。

对被鉴定人进行医学检查，对被鉴定人的工作场所进行现场调查取证等工作由职业病诊断鉴定办事机构安排、组织。

第二十八条 职业病诊断鉴定委员会可以根据需要邀请其他专家参加职业病诊断鉴定。邀请的专家可以提出技术意见、提供有关资料，但不参与鉴定结论的表决。

第二十九条 职业病诊断鉴定委员会应当认真审阅有关资料，依照有关规定和职业病诊断标准，运用科学原理和专业知识，独立进行鉴定。在事实清楚的基础上，进行综合分析，做出鉴定结论，并制作鉴定书。鉴定结论以鉴定委员会成员的过半数通过。鉴定过程应当如实记载。

职业病诊断鉴定书应当包括以下内容：

（一）劳动者、用人单位的基本情况及鉴定事由；

（二）参加鉴定的专家情况；

（三）鉴定结论及其依据，如果为职业病，应当注明职业病名称，程度（期别）；

（四）鉴定时间。

参加鉴定的专家应当在鉴定书上签字，鉴定书加盖职业病诊断鉴定委员会印章。

职业病诊断鉴定书应当于鉴定结束之日起20日内由职业病诊断鉴定办事机构发送当事人。

第三十条　职业病诊断鉴定过程应当如实记录，其内容应当包括：

（一）鉴定专家的情况；

（二）鉴定所用资料的名称和数目；

（三）当事人的陈述和申辩；

（四）鉴定专家的意见；

（五）表决的情况；

（六）鉴定结论；

（七）对鉴定结论的不同意见；

（八）鉴定专家签名；

（九）鉴定时间。

鉴定结束后，鉴定记录应当随同职业病诊断鉴定书一并由职业病诊断鉴定办事机构存档。

第三十一条　职业病诊断、鉴定的费用由用人单位承担。

第五章　监督管理

第三十二条　在职业病诊断机构批准证书有效期届满前六个月

内，职业病诊断机构应当向原批准机关申请续展，原批准机关复核后，对合格的，换发证书；逾期未申请续展的，其《职业病诊断机构批准证书》过期失效。

第三十三条 省级卫生行政部门应当对取得批准证书的职业病诊断机构进行日常监督检查与年度考核，对日常监督检查或者年度考核不合格的，责令限期改正，逾期不改正或者经检查仍不合格的，由原发证机关注销其资格，并收缴《职业病诊断机构批准证书》；对不合格的职业病诊断医师，应当注销其诊断资格。

第三十四条 省级卫生行政部门应当对其设立的专家库定期复审，并根据职业病诊断鉴定工作需要及时进行调整。

第六章 罚 则

第三十五条 用人单位违反《职业病防治法》及本办法规定，未安排职业病病人、疑似职业病病人进行诊治的，由卫生行政部门给予警告，责令限期改正，逾期不改正的，处 5 万元以上 20 万元以下的罚款。

第三十六条 用人单位违反《职业病防治法》及本办法规定，隐瞒本单位职业卫生真实情况的，由卫生行政部门责令限期改正，并处 5 万元以上 10 万元以下的罚款。

第三十七条 违反《职业病防治法》及本办法规定，医疗卫生机构未经批准擅自从事职业病诊断的，由卫生行政部门责令立即停止违法行为，没收违法所得；违法所得 5000 元以上的，并处违法所得 2 倍以上 10 倍以下的罚款；没有违法所得或者违法所得不足 5000 元的，并处 5000 元以上 5 万元以下的罚款；情节严重的，对直接负责的主管人员和其他直接责任人员，依法给予降级、撤职或者开除的处分。

第三十八条 职业病诊断机构违反《职业病防治法》及本办法规定，有下列行为之一的，由卫生行政部门责令立即停止违法行为，给予警告，没收违法所得；违法所得5000元以上的，并处违法所得2倍以上5倍以下的罚款；没有违法所得或者违法所得不足5000元的，并处5000元以上2万元以下的罚款；情节严重的，由原批准机关取消其相应的资格；对直接负责的主管人员和其他直接责任人员，依法给予降级、撤职或者开除的处分；构成犯罪的，依法追究刑事责任：

（一）超出批准范围从事职业病诊断的；

（二）不按照本法规定履行法定职责的；

（三）出具虚假证明文件的。

第三十九条 职业病诊断鉴定委员会组成人员违反《职业病防治法》及本办法规定，收受职业病诊断争议当事人的财物或者其他好处的，给予警告，没收收受的财物，可以并处3000元以上5万元以下的罚款，取消其担任职业病诊断鉴定委员会组成人员的资格，并从省级卫生行政部门设立的专家库中予以除名。

第四十条 用人单位和医疗卫生机构违反《职业病防治法》及本办法规定，未报告职业病、疑似职业病的，由卫生行政部门责令限期改正，给予警告，可以并处1万元以下的罚款；弄虚作假的，并处2万元以上5万元以下的罚款；对直接负责的主管人员和其他直接责任人员，可以依法给予降级或者撤职的处分。

第七章 附 则

第四十一条 本办法自2002年5月1日实施。卫生部1984年3月29日颁发的《职业病诊断管理办法》同时废止。

职业病目录

（2002 年 4 月 18 日　卫法监发〔2002〕108 号）

一、尘肺

1. 矽肺

2. 煤工尘肺

3. 石墨尘肺

4. 碳黑尘肺

5. 石棉肺

6. 滑石尘肺

7. 水泥尘肺

8. 云母尘肺

9. 陶工尘肺

10. 铝尘肺

11. 电焊工尘肺

12. 铸工尘肺

13. 根据《尘肺病诊断标准》和《尘肺病理诊断标准》可以诊断的其他尘肺

二、职业性放射性疾病

1. 外照射急性放射病

2. 外照射亚急性放射病

3. 外照射慢性放射病

4. 内照射放射病

5. 放射性皮肤疾病

6. 放射性肿瘤

7. 放射性骨损伤

8. 放射性甲状腺疾病

9. 放射性性腺疾病

10. 放射复合伤

11. 根据《职业性放射性疾病诊断标准（总则）》可以诊断的其他放射性损伤

三、职业中毒

1. 铅及其化合物中毒（不包括四乙基铅）

2. 汞及其化合物中毒

3. 锰及其化合物中毒

4. 镉及其化合物中毒

5. 铍病

6. 铊及其化合物中毒

7. 钡及其化合物中毒

8. 钒及其化合物中毒

9. 磷及其化合物中毒

10. 砷及其化合物中毒

11. 铀中毒

12. 砷化氢中毒

13. 氯气中毒

14. 二氧化硫中毒

15. 光气中毒

16. 氨中毒

17. 偏二甲基肼中毒

18. 氮氧化合物中毒

19. 一氧化碳中毒

20. 二硫化碳中毒

21. 硫化氢中毒

22. 磷化氢、磷化锌、磷化铝中毒

23. 工业性氟病

24. 氰及腈类化合物中毒

25. 四乙基铅中毒

26. 有机锡中毒

27. 羰基镍中毒

28. 苯中毒

29. 甲苯中毒

30. 二甲苯中毒

31. 正己烷中毒

32. 汽油中毒

33. 一甲胺中毒

34. 有机氟聚合物单体及其热裂解物中毒

35. 二氯乙烷中毒

36. 四氯化碳中毒

37. 氯乙烯中毒

38. 三氯乙烯中毒

39. 氯丙烯中毒

40. 氯丁二烯中毒

41. 苯的氨基及硝基化合物（不包括三硝基甲苯）中毒

42. 三硝基甲苯中毒

43. 甲醇中毒

44. 酚中毒

45. 五氯酚（钠）中毒

46. 甲醛中毒

47. 硫酸二甲酯中毒

48. 丙烯酰胺中毒

49. 二甲基甲酰胺中毒

50. 有机磷农药中毒

51. 氨基甲酸酯类农药中毒

52. 杀虫脒中毒

53. 溴甲烷中毒

54. 拟除虫菊酯类农药中毒

55. 根据《职业性中毒性肝病诊断标准》可以诊断的职业性中毒性肝病

56. 根据《职业性急性化学物中毒诊断标准（总则)》可以诊断的其他职业性急性中毒

四、物理因素所致职业病

1. 中暑

2. 减压病

3. 高原病

4. 航空病

5. 手臂振动病

五、生物因素所致职业病

1. 炭疽

2. 森林脑炎

3. 布氏杆菌病

六、职业性皮肤病

1. 接触性皮炎

2. 光敏性皮炎

3. 电光性皮炎

4. 黑变病

5. 痤疮

6. 溃疡

7. 化学性皮肤灼伤

8. 根据《职业性皮肤病诊断标准（总则)》可以诊断的其他职业性皮肤病

七、职业性眼病

1. 化学性眼部灼伤

2. 电光性眼炎

3. 职业性白内障（含放射性白内障、三硝基甲苯白内障)

八、职业性耳鼻喉口腔疾病

1. 噪声聋

2. 铬鼻病

3. 牙酸蚀病

九、职业性肿瘤

1. 石棉所致肺癌、间皮瘤

2. 联苯胺所致膀胱癌

3. 苯所致白血病

4. 氯甲醚所致肺癌

5. 砷所致肺癌、皮肤癌

6. 氯乙烯所致肝血管肉瘤

7. 焦炉工人肺癌

8. 铬酸盐制造业工人肺癌

十、其他职业病

1. 金属烟热

2. 职业性哮喘

3. 职业性变态反应性肺泡炎

4. 棉尘病

5. 煤矿井下工人滑囊炎

劳动能力鉴定 职工
工伤与职业病致残等级

（中华人民共和国国家质量监督检验

检疫总局 中国国家标准化管理委员会

2006 年 11 月 2 日发布 2007 年 5 月

1 日实施 GB/T16180—2006）

前 言

本标准的全部内容为推荐性的。

本标准参考了世界卫生组织有关"损害、功能障碍与残疾"的国际分类，以及美国、英国、日本等国家残疾分级原则和基准。

根据《工伤保险条例》（中华人民共和国国务院第 375 号令）制定本标准。本标准代替 GB/T16180—1996《职工工伤与职业病致残程度鉴定》。

本标准参考与协调的国家文件、医学技术标准与相关评残标准有：残疾人标准，革命伤残军人评定标准等。

为使劳动能力鉴定适应我国当前社会经济发展的要求，保障因工作遭受事故伤害或者患职业病的劳动者获得医疗救治和经济补偿，对工伤或患职业病劳动者的伤残程度做出更加客观、科学的技术鉴定，在总结分析 10 余年工伤评残实践经验基础上，对 GB/T16180—1996 进行了修订与完善，并与我国劳动能力鉴定法规制度相配套，将原标准更名为《劳动能力鉴定 职工工伤与职业病致残等级》，并对以下技术原则作了调整：

——增加了总则中 4.1.3 医疗依赖的分级判定；

——取消了总则中关于工伤、职业病证明的规定；

——取消了总则中关于重新鉴定的规定；

——伤残类别增加了十二指肠的损伤，同时取消了单列的耳廓缺损；

——智能减退改为智能损伤，增加记忆商（MQ）判定指标；

——取消了利手与非利手的表述；

——增加了低氧血症的判断标准；

——增加了活动性肺结核诊断要点的判定；

——增加了大血管的界定；

——增加了瘢痕诊断的界定；

——增加了贫血诊断标准与分级；

——修订了 6.4.1 肝功能损害的判定与分级；

——修订了 6.5.4 中毒性肾病和 6.5.5 肾功能不全的判定指标；

——取消了辅助器具如安装假肢的表述；

——修订了人格改变的判定基准指标；

——全身瘢痕的最低下限由 ≤30% 修改为 <5%，但 ≥1%；

——对附录 A 判定基准补充的 A.1 智能损伤表述内容作了调整；

——取消了判定基准补充的 A.3 人格障碍与人格改变的表述，同时增加了"与工伤、职业病相关的精神障碍的认定"的表述；

——伤残条目由 470 条调整为 572 条；

——根据国家工伤保险法规及有关文件精神，对"于国家社会保险法规所规定的医疗期满后……"的表述改为"于国家工伤保险法规所规定的停工留薪期满……",达到与相关法规相衔接,以便于判断与执行。

本标准的附录 A、附录 B 是规范性附录。

本标准的附录 C 是资料性附录。

本标准由中华人民共和国劳动和社会保障部、卫生部共同提出。

本标准由劳动和社会保障部工伤保险司归口。

本标准负责起草单位:中国疾病预防控制中心职业卫生与中毒控制所。

本标准参加起草单位:中国医学科学院协和医院、北京医院、北京积水潭医院、北京市红十字朝阳医院、北京市宣武医院、中日友好医院、北京市安定医院、北京市口腔医院、北京大学第三医院、北京大学第一医院、北京同仁医院、北京友谊医院、北京天坛医院、北京市结核病胸部肿瘤研究所、北京市安贞医院、北京市儿科研究所以及天津市劳动和社会保障局和广州市劳动和社会保障局。

本标准主要起草人:周安寿、李舜伟、田祖恩、张寿林、游凯涛、鲁锡荣、朱秀安、杨秉贤、安宗超、白连启、陈秉良、刘磊、吕名端、宫月秋、姜宏志、李锦涛、李忠实、梁枝松、沈祖尧、隋良朋、孙家帮、严尚诚、杨和均、于庆波、赵金垣、左峰、张敏、陈泰才、任广田、赵振华。

本标准由劳动和社会保障部负责解释。

劳动能力鉴定　职工
工伤与职业病致残等级

1　范围

本标准规定了职工工伤致残劳动能力鉴定原则和分级标准。

本标准适用于职工在职业活动中因工负伤和因职业病致残程度的鉴定。

2　规范性引用文件

下列文件中的条款通过本标准的引用而成为本标准的条款。凡是注日期的引用文件，其随后所有的修改单（不包括勘误的内容）或修订版均不适用于本标准，然而，鼓励根据本标准达成协议的各方研究是否可使用这些文件的最新版本。凡是不注日期的引用文件，其最新版本适用于本标准。

GB 4854　校准纯音听力计用的标准零级

GB/T 7341　听力计

GB/T 7582—2004　声学　听阈与年龄关系的统计分布

GB/T 7583　声学　纯音气导听阈测定　保护听力用

GB 11533　标准对数视力表

GBZ 4　职业性慢性二硫化碳中毒诊断标准

GBZ 5　工业性氟病诊断标准

GBZ 7　职业性手臂振动病诊断标准

GBZ 9　职业性急性电光性眼炎（紫外线角膜结膜炎）诊断标准

GBZ12　职业性铬鼻病诊断标准

GBZ 23　职业性急性一氧化碳中毒诊断标准

GBZ 24　职业性减压病诊断标准

GBZ 35　职业性白内障诊断标准

GBZ 45　职业性三硝基甲苯白内障诊断标准

GBZ 54　职业性化学性眼灼伤诊断标准

GBZ 61　职业性牙酸蚀病诊断标准

GBZ 69　职业性慢性三硝基甲苯中毒诊断标准

GBZ 70　尘肺病诊断标准

GBZ 81　职业性磷中毒诊断标准

GBZ 82　职业性煤矿井下工人滑囊炎诊断标准

GBZ 83　职业性慢性砷中毒诊断标准

GBZ 94　职业性肿瘤诊断标准

GBZ 95　放射性白内障诊断标准

GBZ 96　内照射放射病诊断标准

GBZ 97　放射性肿瘤诊断标准

GBZ 104　外照射急性放射病诊断标准

GBZ 105　外照射慢性放射病诊断标准

GBZ 106　放射性皮肤疾病诊断标准

3　术语和定义

劳动能力鉴定是指劳动能力鉴定机构对劳动者在职业活动中因工负伤或患职业病后，根据国家工伤保险法规规定，在评定伤残等级时通过医学检查对劳动功能障碍程度（伤残程度）和生活自理障碍程度做出的判定结论。

4　总则

4.1　判断依据

本标准依据工伤致残者于评定伤残等级技术鉴定时的器官损伤、功能障碍及其对医疗与护理的依赖程度，适当考虑了由于伤残引起的社会心理因素影响，对伤残程度进行综合判定分级。

4.1.1 器官损伤

是工伤的直接后果，但职业病不一定有器官缺损。

4.1.2 功能障碍

工伤后功能障碍的程度与器官缺损的部位及严重程度有关，职业病所致的器官功能障碍与疾病的严重程度相关。对功能障碍的判定，应以评定伤残等级技术鉴定时的医疗检查结果为依据，根据评残对象逐个确定。

4.1.3 医疗依赖

指工伤致残于评定伤残等级技术鉴定后仍不能脱离治疗者。

医疗依赖判定分级：

a) 特殊医疗依赖 是指工伤致残后必须终身接受特殊药物、特殊医疗设备或装置进行治疗者；

b) 一般医疗依赖 是指工伤致残后仍需接受长期或终身药物治疗者。

4.1.4 护理依赖

指工伤致残者因生活不能自理，需依赖他人护理者。生活自理范围主要包括下列五项：

a) 进食；

b) 翻身；

c) 大、小便；

d) 穿衣、洗漱；

e) 自主行动。

护理依赖的程度分三级：

a)　完全护理依赖　指生活完全不能自理，上述五项均需护理者；

b)　大部分护理依赖　指生活大部分不能自理，上述五项中三项需要护理者；

c)　部分护理依赖　指部分生活不能自理，上述五项中一项需要护理者。

4.1.5　心理障碍

一些特殊残情，在器官缺损或功能障碍的基础上虽不造成医疗依赖，但却导致心理障碍或减损伤残者的生活质量，在评定伤残等级时，应适当考虑这些后果。

4.2　门类划分

按照临床医学分科和各学科间相互关联的原则，本标准对残情的判定划分为五个门类。

4.2.1　神经内科、神经外科、精神科门。

4.2.2　骨科、整形外科、烧伤科门。

4.2.3　眼科、耳鼻喉科、口腔科门。

4.2.4　普外科、胸外科、泌尿生殖科门。

4.2.5　职业病内科门。

4.3　条目划分

本标准按照上述五个门类，以附录 B 中表 B.1~B.5 及一至十级分级系列，根据伤残的类别和残情的程度划分伤残条目，共列出残情 573 条。

4.4　等级划分

根据条目划分原则以及工伤致残程度，综合考虑各门类间的平衡，将残情级别分为一至十级。最重为第一级，最轻为第十级。对本标准未列载的个别伤残情况，可根据上述原则，参照本标准中相应等级进行评定。

4.5 晋级原则

对于同一器官或系统多处损伤，或一个以上器官不同部位同时受到损伤者，应先对单项伤残程度进行鉴定。如果几项伤残等级不同，以重者定级；如果两项及以上等级相同，最多晋升一级。

4.6 对原有伤残及合并症的处理

如受工伤损害的器官原有伤残和疾病史，或工伤及职业病后出现合并症，其致残等级的评定以鉴定时实际的致残结局为依据。

5 分级原则

5.1 一级

器官缺失或功能完全丧失，其他器官不能代偿，存在特殊医疗依赖，或完全或大部分护理依赖。

5.2 二级

器官严重缺损或畸形，有严重功能障碍或并发症，存在特殊医疗依赖，或大部分护理依赖。

5.3 三级

器官严重缺损或畸形，有严重功能障碍或并发症，存在特殊医疗依赖，或部分护理依赖。

5.4 四级

器官严重缺损或畸形，有严重功能障碍或并发症，存在特殊医疗依赖，或部分护理依赖或无护理依赖。

5.5 五级

器官大部缺损或明显畸形，有较重功能障碍或并发症，存在一般医疗依赖，无护理依赖。

5.6 六级

器官大部缺损或明显畸形，有中等功能障碍或并发症，存在一般医疗依赖，无护理依赖。

5.7 七级

器官大部分缺损或畸形，有轻度功能障碍或并发症，存在一般医疗依赖，无护理依赖。

5.8 八级

器官部分缺损，形态异常，轻度功能障碍，存在一般医疗依赖，无护理依赖。

5.9 九级

器官部分缺损，形态异常，轻度功能障碍，无医疗依赖或者存在一般医疗依赖，无护理依赖。

5.10 十级

器官部分缺损，形态异常，无功能障碍，无医疗依赖或者存在一般医疗依赖，无护理依赖。

6 各门类工伤、职业病致残分级判定基准

6.1 神经内科、神经外科、精神科门

6.1.1 智能损伤分级

a) 极重度智能损伤

    1) 记忆损伤，记忆商（MQ）0～19；

    2) 智商（IQ）＜20；

    3) 生活完全不能自理。

b) 重度智能损伤

    1) 记忆损伤，MQ 20～34；

    2) IQ 20～34；

    3) 生活大部不能自理。

c) 中度智能损伤

   1) 记忆损伤，MQ 35~49；

   2) IQ 35~49；

   3) 生活能部分自理。

d) 轻度智能损伤

   1) 记忆损伤，MQ 50~69；

   2) IQ 50~69；

   3) 生活勉强能自理，能做一般简单的非技术性工作。

6.1.2 精神病性症状

有下列表现之一者：

a) 突出的妄想；

b) 持久或反复出现的幻觉；

c) 病理性思维联想障碍；

d) 紧张综合症，包括紧张性兴奋与紧张性木僵；

e) 情感障碍显著，且妨碍社会功能（包括生活自理功能、社交功能及职业和角色功能）。

6.1.3 人格改变

个体原来特有的人格模式发生了改变，一般需有两种或两种以上的下列特征，至少持续6个月方可诊断：

a) 语速和语流明显改变，如以赘述或粘滞为特征；

b) 目的性活动能力降低，尤以耗时较久才能得到满足的活动更明显；

c) 认知障碍，如偏执观念、过分沉湎于某一主题（如宗教），或单纯以对或错来对他人进行僵化的分类；

d) 情感障碍，如情绪不稳、欣快、肤浅、情感流露不协调、易激惹，或淡漠；

e)   不可抑制的需要和冲动（不顾后果和社会规范要求）。

6.1.4   癫痫的诊断分级

a)   轻度

需系统服药治疗方能控制的各种类型癫痫发作者。

b)   中度

各种类型的癫痫发作，经系统服药治疗两年后，全身性强直—阵挛发作、单纯或复杂部分发作，伴自动症或精神症状（相当于大发作、精神运动性发作）平均每月1次或1次以下，失神发作和其他类型发作平均每周1次以下。

c)   重度

各种类型的癫痫发作，经系统服药治疗两年后，全身性强直—阵挛发作、单纯或复杂部分发作，伴自动症或精神症状（相当于大发作、精神运动性发作）平均每月1次以上，失神发作和其他类型发作平均每周1次以上者。

6.1.5   运动障碍

6.1.5.1   肢体瘫   以肌力作为分级标准。为判断肢体瘫痪程度，将肌力分级划分为0~5级。

0级：肌肉完全瘫痪，毫无收缩。

1级：可看到或触及肌肉轻微收缩，但不能产生动作。

2级：肌肉在不受重力影响下，可进行运动，即肢体能在床面上移动，但不能抬高。

3级：在和地心引力相反的方向中尚能完成其动作，但不能对抗外加的阻力。

4级：能对抗一定的阻力，但较正常人为低。

5级：正常肌力。

6.1.5.2   非肢体瘫的运动障碍   包括肌张力增高、深感觉障碍和（或）小脑性共济失调、不自主运动或震颤等。根据其对生活自理的影响程度划分为轻、中、重三度。

a)　重度

不能自行进食，大小便、洗漱、翻身和穿衣需由他人护理。

b)　中度

上述动作困难，但在他人帮助下可以完成。

c)　轻度

完成上述运动虽有一些困难，但基本可以自理。

6.2　骨科、整形外科、烧伤科门

6.2.1　颜面毁容

6.2.1.1　重度

面部瘢痕畸形，并有以下六项中四项者：

a)　眉毛缺失；

b)　双睑外翻或缺失；

c)　外耳缺失；

d)　鼻缺失；

e)　上下唇外翻、缺失或小口畸形；

f)　颈颏粘连。

6.2.1.2　中度

具有下述六项中三项者：

a)　眉毛部分缺失；

b)　眼睑外翻或部分缺失；

c)　耳廓部分缺失；

d)　鼻部分缺失；

e)　唇外翻或小口畸形；

f)　颈部瘢痕畸形。

6.2.1.3 轻度

含中度畸形六项中二项者。

6.2.2 面部异物色素沉着或脱失

6.2.2.1 轻度

异物色素沉着或脱失超过颜面总面积的 1/4。

6.2.2.2 重度

异物色素沉着或脱失超过颜面总面积的 1/2。

6.2.3 高位截肢

指肱骨或股骨缺失 2/3 以上。

6.2.4 关节功能障碍

6.2.4.1 功能完全丧失

指非功能位关节僵直、固定或关节周围其他原因导致关节连枷状或严重不稳，以致无法完成其功能活动者。

6.2.4.2 功能大部分丧失

指残留功能不能完成原有专业劳动，并影响日常生活活动者。

6.2.4.3 功能部分丧失

指残留功能不能完成原有专业劳动，但不影响日常生活活动者。

6.2.5 放射性皮肤损伤

6.2.5.1 急性放射性皮肤损伤Ⅳ度

初期反应为红斑、麻木、搔痒、水肿、刺痛，经过数小时至 10d 假愈期后出现第二次红斑、水泡、坏死、溃疡，所受剂量可能 ≥ 20Gy。

6.2.5.2 慢性放射性皮肤损伤Ⅱ度

临床表现为角化过度、皲裂或皮肤萎缩变薄，毛细血管扩张，指甲增厚变形。

6.2.5.3 慢性放射性皮肤损伤Ⅲ度

临床表现为坏死、溃疡，角质突起，指端角化与融合，肌腱挛缩，关节变形及功能障碍（具备其中一项即可）。

6.3 眼科、耳鼻喉科、口腔科门

6.3.1 视力的评定

6.3.1.1 视力检查

按照视力检查标准（GB 11533）执行。视力记录可采用5分记录（对数视力表）或小数记录两种方式（评见表1）。

表1 小数记录折算5分记录参考表

旧法记录	0（无光感）				1/∞（光感）					0.001（光感）	
5分记录	0				1					2	
旧法记录，cm（手指/cm）	6	8	10	12	15	20	25	30	35	40	45
5分记录	2.1	2.2	2.3	2.4	2.5	2.6	2.7	2.8	2.85	2.9	2.95
走近距离	50cm	60cm	80cm	1m	1.2m	1.5m	2m	2.5m	3m	3.5m	4m
小数记录	0.01	0.012	0.015	0.02	0.025	0.03	0.04	0.05	0.06	0.07	0.08
5分记录	3.0	3.1	3.2	3.3	3.4	3.5	3.6	3.7	3.8	3.85	3.9
小数记录	0.1	0.12	0.15	0.2	0.25	0.3	0.4	0.5	0.6	0.7	0.8
5分记录	4.0	4.1	4.2	4.3	4.4	4.5	4.6	4.7	4.8	4.85	4.9
小数记录	1.0	1.2	1.5	2.0	2.5	3.0	4.0	5.0	6.0	8.0	10.0
5分记录	5.0	5.1	5.2	5.3	5.4	5.5	5.6	5.7	5.8	5.9	6.0

注：走近距离 4.5m，小数记录 0.09，5分记录 3.95；小数记录 0.9，5分记录 4.95。

6.3.1.2 盲及低视力分级（见表2）。

表2 盲及低视力分级

类别	级别	最佳矫正视力
盲	一级盲	<0.02～无光感，或视野半径<5°
	二级盲	<0.05～0.02，或视野半径<10°
低视力	一级低视力	<0.1～0.05
	二级低视力	<0.3～0.1

6.3.2 周边视野

6.3.2.1 视野检查的要求

视标颜色：白色；视标大小：3mm，检查距离：330mm；视野背景亮度：31.5asb。

6.3.2.2 视野缩小的计算

视野有效值计算公式：

$$实测视野有效值 = \frac{8 条子午线实测视野值}{500} \times 100\%$$

6.3.3 伪盲鉴定方法

6.3.3.1 单眼全盲检查法

a) 视野检查法

在不遮盖眼的情况下，检查健眼的视野，鼻侧视野 >60°者，可疑为伪盲。

b) 加镜检查法

将准备好的试镜架上（好眼之前）放一个屈光度为 +6.00D 的球镜片，在所谓盲眼前放上一个屈光度为 +0.25D 的球镜片，戴在患者眼前以后，如果仍能看清 5m 处的远距离视力表时，即为伪盲。或嘱患者两眼注视眼前一点，将一个三棱镜度为 6 的三棱镜放于所谓盲眼之前，不拘底向外或向内，注意该眼球必向内或向外转动，以避免发生复视。

6.3.3.2 单眼视力减退检查法

a) 加镜检查法 先记录两眼单独视力，然后将平面镜或不影响视力的低度球镜片放于所谓患眼之前，并将一个屈光度为 +12.00D 的凸球镜片同时放于好眼之前，再检查两眼同时看的视力，如果所得的视力较所谓患眼的单独视力更好时，则可证明患眼为伪装视力减退。

b) 视觉诱发电位（VEP）检查法（略）。

6.3.4 听力损伤计算法

6.3.4.1 听阈值计算 30 岁以上受检查在计算其听阈值时，应从实测值中扣除其年龄修正值，见表 3。后者取 GB/T7582——2004 附录 B 中数值。

表 3 纯音气导阈的年龄修正值

年龄/岁	频率/Hz					
	男			女		
	500	1000	2000	500	1000	2000
30	1	1	1	1	1	1
40	2	2	3	2	2	3
50	4	4	7	4	4	6
60	6	7	12	6	7	11
70	10	11	19	10	11	16

6.3.4.2 单耳听力损失计算法 取该耳语频 500Hz、1000Hz 及 2000Hz 纯音气导听阈值相加取其均值，若听阈超过 100dB，仍按 100dB 计算。如所得均值不是整数，则小数点后之尾数采用四舍五入法进为整数。

6.3.4.3 双耳听力损失计算法 听力较好一耳的语频纯音气导听阈均值（PTA）乘以 4 加听力较差耳的均值，其和除以 5。如听力较差耳的致聋原因与工伤或职业无关，则不予计入，直接比较好一耳的语频听阈均值为准。在标定听阈均值时，小数点后之尾数采取四舍五入法进为整数。

6.3.5 张口度判定及测量方法 以患者自身的食指、中指、无名指并列垂直置入上、下中切牙切缘间测量。

6.3.5.1 正常张口度 张口时上述三指可垂直置入上、下切牙切缘间（相当于4.5cm左右）。

6.3.5.2 张口困难Ⅰ度 大张口时，只能垂直置入食指和中指（相当于3cm左右）。

6.3.5.3 张口困难Ⅱ度 大张口时，只能垂直置入食指（相当于1.7cm左右）。

6.3.5.4 张口困难Ⅲ度 大张口时，上、下切牙间距小于食指之横径。

6.3.5.5 完全不能张口。

6.4 普外科、胸外科、泌尿生殖科门

6.4.1 肝功能损害的判定与分级 以血清白蛋白、血清胆红素、腹水、脑病和凝血酶原时间五项指标在肝功能损害中所占积分的多少作为其损害程度的判定（见表4），并将其分为重度、中度和轻度三级。

表4 肝功能损害的判定

项 目	分 数		
	1分	2分	3分
血清白蛋白	3.0g/dL～3.5g/dL	2.5g/dL～3.0g/dL	<2.5g/dL
血清胆红素	1.5mg/dL～2.0mg/dL	2.0mg/dL3.0mg/dL	>3.0mg/dL
腹水	无	少量腹水，易控制	腹水多，难于控制
脑病	无	轻度	重度
凝血酶原时间	延长>3s	延长>6s	延长>9s

6.4.1.1 肝功能重度损害：10～15分。

6.4.1.2 肝功能中度损害：7～9分。

6.4.1.3 肝功能轻度损害：5~6 分。

6.4.2 肺、肾、心功能损害

参见 6.5。

6.4.3 甲状腺功能低下分级

6.4.3.1 重度

a) 临床症状严重；

b) T_3、T_4、或 FT_3、FT_4 低于正常值，TSH > 50μU/L。

6.4.3.2 中度

a) 临床症状较轻；

b) T_3、T_4 或 FT_3、FT_4 正常，TSH > 50μU/L。

6.4.3.3 轻度

a) 临床症状较轻；

b) T_3、T_4 或 FT_3、FT_4 正常，TSH 轻度增高但 < 50μU/L。

6.4.4 甲状旁腺功能低下分级

6.4.4.1 重度：空腹血钙质量浓度 <6mg/dL；

6.4.4.2 中度：空腹血钙质量浓度 6~7mg/dL；

6.4.4.3 轻度：空腹血钙质量浓度 7~8mg/dL。

注：以上分级均需结合临床症状分析。

6.4.5 肛门失禁

6.4.5.1 重度

a) 大便不能控制；

b) 肛门括约肌收缩力很弱或丧失；

c) 肛门括约肌收缩反射很弱或消失；

d) 直肠内压测定：采用肛门注水法测定时直肠内压应小于 1961Pa（20cmH$_2$O）。

6.4.5.2 轻度

a) 稀便不能控制；

b) 肛门括约肌收缩力较弱；

c) 肛门括约肌收缩反射较弱；

d) 直肠内压测定：采用肛门注水法测定时直肠内压应为 1961Pa～2942Pa（20～30cmH$_2$O）。

6.4.6 排尿障碍

6.4.6.1 重度：系出现真性重度尿失禁或尿潴留残余尿体积≥50mL者。

6.4.6.2 轻度：系出现真性轻度尿失禁或残余尿体积＜50mL者。

6.4.7 生殖功能损害

6.4.7.1 重度：精液中精子缺如。

6.4.7.2 轻度：精液中精子数＜500万/mL或异常精子＞30% 或死精子或运动能力很弱的精子＞30%。

6.4.8 血睾酮正常值

血睾酮正常值为 14.4nmol/L～41.5 nmol/L （＜60ng/dL）。

6.4.9 左侧肺叶计算

本标准按三叶划分，即顶区、舌叶和下叶。

6.4.10 大血管界定

本标准所称大血管是指主动脉、上腔静脉、下腔静脉、肺动脉和肺静脉。

6.4.11 呼吸困难

参见6.5.1。

6.5 职业病内科门

6.5.1 呼吸困难及呼吸功能损害

6.5.1.1 呼吸困难分级

Ⅰ级：与同龄健康者在平地一同步行无气短，但登山或上楼时呈现气短。

Ⅱ级：平路步行1 000m无气短，但不能与同龄健康者保持同样速度，平路快步行走呈现气短，登山或上楼时气短明显。

Ⅲ级：平路步行100 m即有气短。

Ⅳ级：稍活动（如穿衣、谈话）即气短。

6.5.1.2 肺功能损伤分级（详见表5）。

表5 肺功能损伤分级   单位为%

损伤级别	FVC	FEV_1	MVV	FEV_1/FVC	RV/TLC	DL_{co}
正常	>80	>80	>80	>70	>35	>80
轻度损伤	60~79	60~79	60~79	55~69	36~45	60~79
中度损伤	40~59	40~59	40~59	35~54	46~55	45~59
重度损伤	<40	<40	<40	<35	<55	<45

注：FVC、FEV_1、MVV、DL_{co}为占预计值百分数。

6.5.1.3 低氧血症分级

正常：po_2 为 13.3 kPa ~ 10.6 kPa（100 mmHg ~ 80 mmHg）；

轻度：po_2 为 10.5 kPa ~ 8.0 kPa（79 mmHg ~ 60 mmHg）；

中度：po_2 为 7.9 kPa ~ 5.3 kPa（59 mmHg ~ 40 mmHg）；

重度：po_2 < 5.3 kPa（< 40 mmHg）。

6.5.2 活动性肺结核病诊断要点 尘肺合并活动性肺结核，应根据胸部X射线片、痰涂片、痰结核杆菌培养和相关临床表现作出判断。

6.5.2.1 涂阳肺结核诊断

符合以下三项之一者：

a） 直接痰涂片镜检抗酸杆菌阳性2次；

b） 直接痰涂片镜检抗酸杆菌1次阳性，且胸片显示有活动性肺结核病变；

c) 直接痰涂片镜检抗酸杆菌1次阳性加结核分枝杆菌培养阳性1次。

6.5.2.2 涂阴肺结核的判定

直接痰涂片检查三次均阴性者，应从以下几方面进行分析和判断：

a) 有典型肺结核临床症状和胸部X线表现；

b) 支气管或肺部组织病理检查证实结核性改变。

此外，结核菌素（PPD 5IU）皮肤试验反应≥15 mm或有丘疹水疱；血清抗结核抗体阳性；痰结核分枝杆菌PCR加探针检测阳性以及肺外组织病理检查证实结核病变等可作为参考指标。

6.5.3 心功能不全

6.5.3.1 一级心功能不全 能胜任一般日常劳动，但稍重体力劳动即有心悸、气急等症状。

6.5.3.2 二级心功能不全 普通日常活动即有心悸、气急等症状，休息时消失。

6.5.3.3 三级心功能不全 任何活动均可引起明显心悸、气急等症状，甚至卧床休息仍有症状。

6.5.4 中毒性肾病 肾小管功能障碍为中毒性肾病的特征性表现。

6.5.4.1 轻度中毒性肾病

a) 近曲小管损伤：尿β_2微球蛋白持续>1000μg/g肌酐，可见葡萄糖尿和氨基酸尿，尿钠排出增加，临床症状不明显；

b) 远曲小管损伤：肾脏浓缩功能降低，尿液稀释（尿渗透压持续<350mOsm/kg·H_2O），尿液碱化（尿液pH持续>6.2）。

6.5.4.2 重度中毒性肾病

除上述表现外，尚可波及肾小球，引起白蛋白尿（持续 > 150mg/24h），甚至肾功能不全。

6.5.5 肾功能不全

6.5.5.1 肾功能不全尿毒症期 内生肌酐清除率 < 25mL/min，血肌酐浓度为 450μmol/L ~ 707μmol/L（5mg/dL ~ 8mg/dL），血尿素氮浓度 > 21.4mmol/L（60mg/dL），常伴有酸中毒及严重尿毒症临床症象。

6.5.5.2 肾功能不全失代偿期 内生肌酐清除率 25mL/min ~ 49mL/min，血肌酐浓度 > 177μmol/L（2mg/dL），但 < 450μmol/L（5mg/dL），无明显临床症状，可有轻度贫血、夜尿、多尿。

6.5.5.3 肾功能不全代偿期 内生肌酐清除率降低至正常的 50%（50mL/min ~ 70mL/min），血肌酐及血尿素氮水平正常，通常无明显临床症状。

6.5.6 中毒性血液病诊断分级

6.5.6.1 重新再生障碍性贫血

急性再生障碍性贫血及慢性再生障碍性贫血病情恶化期

a) 临床：发病急，贫血呈进行性加剧，常伴严重感染，内脏出血；

b) 血象：除血红蛋白下降较快外，须具备下列三项中之二项：

1) 网织红细胞 < 1%，含量 < 15×10^9/L；

2) 白细胞明显减少，中性粒细胞绝对值 < 0.5×10^9/L；

3) 血小板 < 20×10^9/L。

c) 骨髓象

1) 多部位增生减低，三系造血细胞明显减少，非造血细胞增多。如增生活跃须有淋巴细胞增多；

2) 骨髓小粒中非造血细胞及脂肪细胞增多。

6.5.6.2 慢性再生障碍性贫血

a) 临床：发病慢，贫血，感染，出血均较轻。

b) 血象：血红蛋白下降速度较慢，网织红细胞、白细胞、中性粒细胞及血小板值常较急性再生障碍性贫血为高。

c) 骨髓象

1) 三系或二系减少，至少一个部位增生不良，如增生良好，红系中常有晚幼红（炭核）比例增多，巨核细胞明显减少。

2) 骨髓小粒中非造血细胞及脂肪细胞增多。

6.5.6.3 骨髓增生异常综合症

须具备以下条件：

a) 骨髓至少两系呈病态造血；

b) 外周血一系、二系或全血细胞减少，偶可见白细胞增多，可见有核红细胞或巨大红细胞或其他病态造血现象；

c) 除外其他引起病态造血的疾病。

6.5.6.4 贫血

重度贫血：血红蛋白含理（Hb）$< 60g/L$，红细胞含量（RBC）$< 2.5 \times 10^{12}/L$；

轻度贫血：成年男性 $Hb < 120g/L$，$RBC < 4.5 \times 10^{12}/L$ 及红细胞比积（HCT）< 0.42，成年女性 $Hb < 11g/L$，$RBC < 4.0 \times 10^{12}/L$ 及 $HCT < 0.37$。

6.5.6.5 粒细胞缺乏症

外周血中性粒细胞含量低于 $0.5 \times 10^{9}/L$。

6.5.6.6 中性粒细胞减少症

外周血中性粒细胞含量低于 $2.0 \times 10^{9}/L$。

6.5.6.7 白细胞减少症

外周血白细胞含量低于4.0×10^9/L。

6.5.6.8　血小板减少症

外周血液血小板计数$< 8 \times 10^{10}$/L，称血小板减少症；当$< 4 \times 10^{10}$/L以下时，则有出血危险。

6.5.7　再生障碍性贫血完全缓解

贫血和出血症状消失，血红蛋白含量：男不低于120g/L，女不低于100g/L；白细胞含量4×10^9/L左右；血小板含量达8×10^{10}/L；3个月内不输血，随访1年以上无复发者。

6.5.8　急性白血病完全缓解

a)　骨髓象：原粒细胞Ⅰ型＋Ⅱ型（原单＋幼稚单核细胞或原淋＋幼稚淋巴细胞）≤5%，红细胞及巨核细胞系正常。

M2b型：原料Ⅰ型＋Ⅱ型≤5%，中性中幼粒细胞比例在正常范围。

M3型：原粒＋早幼粒≤5%。

M4型：原粒Ⅰ、Ⅱ型＋原红及幼单细胞≤5%。

M6型：原粒Ⅰ、Ⅱ型≤5%，原红＋幼红以及红细胞比例基本正常。

M7型：粒、红二系比例正常，原巨＋幼稚巨核细胞基本消失。

b)　血象：男Hb含量≥100g/L或女Hb含量≥90g/L；中性粒细胞含量≥1.5×10^9/L；血小板含量≥10×10^{10}/L；外周血分类无白血病细胞。

c)　临床无白血病浸润所致的症状和体征，生活正常或接近正常。

6.5.9　慢性粒细胞白血病完全缓解

a)　临床：无贫血、出血、感染及白血病细胞浸润表现。

b)　血象：Hb含量＞100 g/L，白细胞总数（WBC）$< 10 \times$

10^{10}/L，分类无幼稚细胞，血小板含量 10×10^{10}/L ~ 40×10^{10}/L。

c）　骨髓象：正常。

6.5.10　慢性淋巴细胞白血病完全缓解

外周血白细胞含量 ≤ 10×10^{9}/L，淋巴细胞比例正常（或 < 40%），骨髓淋巴细胞比例正常（或 < 30%）临床症状消失，受累淋巴结和肝脾回缩至正常。

6.5.11　慢性中毒性肝病诊断分级

6.5.11.1　慢性轻度中毒性肝病

出现乏力、食欲减退、恶心、上腹饱胀或肝区疼痛等症状，肝脏肿大，质软或柔韧，有压痛；常规肝功能试验或复筛肝功能试验异常。

6.5.11.2　慢性中度中毒性肝病

a）　上述症状较严重，肝脏有逐步缓慢性肿大或质地有变硬趋向，伴有明显压痛。

b）　乏力及胃肠道症状较明显，血清转氨酶活性、γ - 谷氨酰转肽酶或 γ - 球蛋白等反复异常或持续升高。

c）　具有慢性轻度中毒性肝病的临床表现，伴有脾脏肿大。

6.5.11.3　慢性重度中毒性肝病

有下述表现之一者：

a）　肝硬化；

b）　伴有较明显的肾脏损害；

c）　在慢性中度中毒性肝病的基础上，出现白蛋白持续降低及凝血机制紊乱。

6.5.12　慢性肾上腺皮质功能减退

6.5.12.1　功能明显减退

a）　乏力，消瘦，皮肤、黏膜色素沉着，白癜，血压降低，食

欲不振；

    b)   24 h 尿中 17 - 羟类固醇 < 4 mg，17 - 酮类固醇 < 10 mg；

    c)   血浆皮质醇含量   早上 8 时，< 9 mg/100mL，下午 4 时，< 3mg/100mL；

    d)   尿中皮质醇 < 5 mg/24 h。

6.5.12.2   功能轻度减退

    a)   具有 6.5.12.1b)、c) 两项；

    b)   无典型临床症状。

6.5.13   免疫功能减低

6.5.13.1   功能明显减低

    a)   表现为易于感染，全身抵抗力下降；

    b)   体液免疫（各类免疫球蛋白）及细胞免疫（淋巴细胞亚群测定及周围血白细胞总数和分类）功能减退。

6.5.13.2   功能轻度减低

    a)   具有 6.5.13.1b) 项；

    b)   无典型临床症状。

附 录 A

（规范性附录）
判定基准的补充

A.1 智能损伤

a) 症状标准

1) 记忆减退，最明显的是学习新事物的能力受损；

2) 以思维和信息处理过程减退为特征的智能损害，如抽象概括能力减退，难以解释成语、谚语，掌握词汇量减少，不能理解抽象意义的词汇，难以概括同类事物的共同特征，或判断力减退；

3) 情感障碍，如抑郁、淡漠，或敌意增加等；

4) 意志减退，如懒散、主动性降低；

5) 其他高级皮层功能受损，如失语、失认、失用，或人格改变等；

6) 无意识障碍。

b) 严重标准

日常生活或社会功能受损。

c) 病程标准

符合症状标准和严重标准至少已 6 个月。

A.2 特殊类型意识障碍

意识是急性器质性脑功能障碍的临床表现。如持续性植物状态、去皮层状态、动作不能性缄默等常常长期存在，久治不愈。遇到这类意识障碍，因患者生活完全不能自理，一切需别人照料，应评为最重级。

A.3 与工伤、职业病相关的精神障碍的认定

  a) 精神障碍的发病基础需有工伤、职业病的存在；
  b) 精神障碍的起病时间需与工伤、职业病的发生相一致；
  c) 精神障碍应随着工伤、职业病的改善和缓解而恢复正常；
  d) 无证据提示精神障碍的发病有其他原因（如强阳性家族病史）。

A.4 继发于工伤或职业病的癫痫

  要有工伤或职业病的确切病史，有医师或其他目击者叙述或证明有癫痫的临床表现，脑电图显示异常，方可诊断。

A.5 神经心理学障碍

  指局灶性皮层功能障碍，内容包括失语、失用、失写、失读、失认等，前三者即在没有精神障碍、感觉缺失和肌肉瘫痪的条件下，患者失去用言语或文字去理解或表达思想的能力（失语），或失去按意图利用物体来完成有意义的动作的能力（失用），或失去书写文字的能力（失写）。失读指患者看见文字符号的形象，读不出字音，不了解意义，就像文盲一样。失认指某一种特殊感觉的认知障碍，如视觉失认就是失读。临床上以失语为最常见，其他较少单独出现。

A.6 创伤性骨关节炎（骨质增生）评定时的年龄界定

  年龄大于50岁者的骨关节炎是否确定为创伤性骨关节炎应慎重，因为普通人50岁以后骨性关节炎发病率已明显增高。故评残时必须考虑年龄因素。

A.7 女性面部毁容年龄界定

40周岁以下的女职工发生面部毁容，含单项鼻缺损、颌面部缺损（不包括耳廓缺损）和面瘫，按其伤残等级晋一级。晋级后之新等级不因年龄增长而变动。

A.8 视力减弱补偿率

视力减弱补偿率是眼科致残评级依据之一。从表 A.1 中提示，双眼视力等于0.8，其补偿率为0，而当一眼视力＜0.05，另一眼视力等于0.05 时，其补偿率为百分之一百。余可类推。

表 A.1 视力减弱补偿率

左眼		右眼 6/6	5/6	6/9	5/9	6/12	6/18	6/24	6/36		6/60	4/60	3/60	
		1~0.9	0.8	0.6	0.6	0.5	0.4	0.3	0.2	0.15	0.1	1/15	1/20	<1/120
6/6	1~0.9	0	0	2	3	4	6	9	12	16	20	23	25	27
5/6	0.8	0	0	3	4	5	7	10	14	18	22	24	26	28
6/9	0.7	2	3	4	5	6	8	12	16	20	24	26	28	30
5/9	0.6	3	4	5	6	7	10	14	19	22	26	29	32	35
6/12	0.5	4	5	6	7	8	12	17	22	25	28	32	36	40
6/18	0.4	6	7	8	10	12	16	20	25	28	31	35	40	45
6/24	0.3	9	10	12	14	17	20	25	33	38	42	47	52	60
6/36	0.2	12	14	16	19	22	25	33	47	55	60	67	75	80
	0.15	16	18	20	22	25	28	38	55	63	70	78	83	83
6/60	0.1	20	22	24	26	28	31	42	60	70	80	80	90	95
4/60	1/15	23	24	26	29	32	35	47	67	78	85	92	95	98
3/60	1/20	25	26	28	32	36	40	52	75	83	90	95	98	100
	<1/120	27	28	30	35	40	45	60	80	88	95	98	100	100

A.9 无晶体眼的视觉损伤程度评价

因工伤或职业病导致眼晶体摘除，除了导致视力障碍外，还分别影响到患者视野及立体视觉功能，因此，对无晶体眼中心视力（矫正后）的有效值的计算要低于正常晶体眼。计算办法可根据无晶体眼的只数和无晶体眼分别进行视力最佳矫正（包括戴眼镜或接触镜和植人人工晶体）后，与正常晶体眼，依视力递减受损程度百分比进行比较来确定无晶体眼视觉障碍的程度，见表 A.2。

表 A.2 无晶体眼视觉损伤程度评价参考表

视　力	无晶体眼中心视力有效值百分比		
	晶体眼	单眼无晶体	双眼无晶体
1.2	100	50	75
1.0	100	50	75
0.8	95	47	71
0.6	90	45	67
0.5	85	42	64
0.4	75	37	56
0.3	65	32	49
0.25	60	30	45
0.20	50	25	37
0.15	40	20	30
0.12	30	—	22
0.1	20	—	—

A.10 面神经损伤的评定

面神经损伤分中枢性（核上性）和外周性损伤。本标准所涉及到的面神经损伤主要指外周性（核下性）病变。

一侧完全性面神经损伤系指面神经的五个分支支配的全部颜面

肌肉瘫痪，表现为：

    a)   额纹消失，不能皱眉；

    b)   眼睑不能充分闭合，鼻唇沟变浅；

    c)   口角下垂，不能示齿、鼓腮、吹口哨、饮食时汤水流逸。

不完全性面神经损伤系指面神经颧枝损伤或下颌枝损伤或颞枝和颊枝损伤者。

A.11　脾切除年龄界定

脾外伤全切除术评残时，青年指年龄在 35 岁以下者，成人指年龄在 35 岁以上者。

A.12　肾损伤性高血压判定

肾损伤所致高血压系指血压的两项指标（收缩压≥21.3kPa，舒张压≥12.7kPa）只须具备一项即可成立。

A.13　非职业病内科疾病的评残

由职业因素所致内科以外的，且属于卫生部颁布的职业病名单中的病伤，在经治疗于停工留薪期满时其致残等级皆根据附录 B 中表 B.1～表 B.5 部分中相应的残情进行鉴定，其中因职业肿瘤手术所致的残情，参照主要受损器官的相应条目进行评定。

A.14　瘢痕诊断界定

指创面愈合后的增生性瘢痕，不包括皮肤平整、无明显质地改变的萎缩性瘢痕或疤痕。

附　录　B

（规范性附录）
劳动能力鉴定——职工工
伤与职业病致残等级分级

B.1　分级系列

a)　一级

1)　极重度智能损伤；

2)　四肢瘫肌力≤3级或三肢瘫肌力≤2级；

3)　颈4以上截瘫，肌力≤2级；

4)　重度运动障碍（非肢体瘫）；

5)　面部重度毁容，同时伴有表B.2中二级伤残之一者；

6)　全身重度瘢痕形成，占体表面积≥90%，伴有脊柱及四肢大关节活动功能基本丧失；

7)　双肘关节以上缺失或功能完全丧失；

8)　双下肢高位缺失及一上肢高位缺失；

9)　双下肢及一上肢严重瘢痕畸形，活动功能丧失；

10)　双眼无光感或仅有光感但光定位不准者；

11)　肺功能重度损伤和呼吸困难Ⅳ级，需终生依赖机械通气；

12)　双肺或心肺联合移植术；

13)　小肠切除≥90%；

14)　肝切除后原位肝移植；

15）　胆道损伤原位肝移植；

16）　全胰切除；

17）　双侧肾切除或孤肾切除术后，用透析维持或同种肾移植术后肾功能不全尿毒症期；

18）　尘肺Ⅲ期伴肺功能重度损伤及／或重度低氧血症 $[po_2 < 5.3$ kPa（40mmHg）$]$；

19）　其他职业性肺部疾患，伴肺功能重度损伤及／或重度低氧血症 $[po_2 < 5.3$kPa（40mmHg）$]$；

20）　放射性肺炎后，两叶以上肺纤维化伴重度低氧血症 $[po_2 < 5.3$ kPa（40 mmHg）$]$；

21）　职业性肺癌伴肺功能重度损伤；

22）　职业性肝血管肉瘤，重度肝功能损害；

23）　肝硬化伴食道静脉破裂出血，肝功能重度损害；.

24）　肾功能不全尿毒症期，内生肌酐清除率持续 < 10 mL/min，或血浆肌酐水平持续 > 707/μmol/L（8 mg/dL）。

b）　二级

1）　重度智能损伤；

2）　三肢瘫肌力3级；

3）　偏瘫肌力≤2级；

4）　截瘫肌力≤2级；

5）　双手全肌瘫肌力≤3级；

6）　完全感觉性或混合性失语；

7）　全身重度瘢痕形成，占体表面积≥80%，伴有四肢大关节中3个以上活动功能受限；

8）　全面部瘢痕或植皮伴有重度毁容；

9）　双侧前臂缺失或双手功能完全丧失；

10)　双下肢高位缺失；

11)　双下肢瘢痕畸形，功能完全丧失；

12)　双膝双踝僵直于非功能位；

13)　双膝以上缺失；

14)　双膝、踝关节功能完全丧失；

15)　同侧上、下肢瘢痕畸形，功能完全丧失；

16)　四肢大关节（肩、髋、膝、肘）中四个以上关节功能完全丧失者；

17)　一眼有或无光感，另眼矫正视力≤0. 02，或视野≤8%（或半径≤5°）；

18)　无吞咽功能，完全依赖胃管进食；

19)　双侧上颌骨完全缺损；

20)　双侧下颌骨完全缺损；

21)　一侧上颌骨及对侧下颌骨完全缺损，并伴有颜面软组织缺损 >30 cm^2；

22)　一侧全肺切除并胸廓成形术，呼吸困难Ⅲ级；

23)　心功能不全三级；

24)　食管闭锁或损伤后无法行食管重建术，依赖胃造瘘或空肠造瘘进食；

25)　小肠切除 3/4，合并短肠综合症；

26)　肝切除 3/4，并肝功能重度损害；

27)　肝外伤后发生门脉高压三联症或发生 Budd – chiari 综合征；

28)　胆道损伤致肝功能重度损害；

29)　胰次全切除，胰腺移植术后；

30)　孤肾部分切除后，肾功能不全失代偿期；

31) 肺功能重度损伤及/或重度低氧血症；

32) 尘肺Ⅲ期伴肺功能中度损伤及/或中度低氧血症；

33) 尘肺Ⅱ期伴肺功能重度损伤及/或重度低氧血症 [$po_2 <$ 5.3 kPa (40mmHg)]；

34) 尘肺Ⅲ期伴活动性肺结核；

35) 职业性肺癌或胸膜间皮瘤；

36) 职业性急性白血病；

37) 急性重型再生障碍性贫血；

38) 慢性重度中毒性肝病；

39) 肝血管肉瘤；

40) 肾功能不全尿毒症期，内生肌酐清除率 <25 mL/min 或血浆肌酐水平持续 >450μmol/L (5 mg/dL)；

41) 职业性膀胱癌；

42) 放射性肿瘤。

c) 三级

1) 精神病性症状表现为危险或冲动行为者；

2) 精神病性症状致使缺乏生活自理能力者；

3) 重度癫痫；

4) 偏瘫肌力 3 级；

5) 截瘫肌力 3 级；

6) 双足全肌瘫肌力 ≤2 级；

7) 中度运动障碍（非肢体瘫）；

8) 完全性失用、失写、失读、失认等具有两项及两项以上者；

9) 全身重度瘢痕形成，占体表面积 ≥70%，伴有四肢大关节中 2 个以上活动功能受限；

10)　面部瘢痕或植皮≥2/3 并有中度毁容;

11)　一手缺失,另一手拇指缺失;

12)　双手拇、食指缺失或功能完全丧失;

13)　一侧肘上缺失;

14)　一手功能完全丧失,另一手拇指对掌功能丧失;

15)　双髋、双膝关节中,有一个关节缺失或无功能及另一关节伸屈活动达不到 0°~90°者;

16)　一侧髋、膝关节畸形,功能完全丧失;

17)　非同侧腕上、踝上缺失;

18)　非同侧上、下肢瘢痕畸形,功能完全丧失;

19)　一眼有或无光感,另眼矫正视力 ≤0.05 或视野 ≤16%(半径≤10°);

20)　双眼矫正视力 <0.05 或视野 ≤16%(半径≤10°);

21)　一侧眼球摘除或眶内容剜出,另眼矫正视力 <0.1 或视野 ≤24%(或半径≤15°);

22)　呼吸完全依赖气管套管或造口;

23)　静止状态下或仅轻微活动即有呼吸困难(喉源性);

24)　同侧上、下颌骨完全缺损;

25)　一侧上颌骨完全缺损,伴颜面部软组织缺损 >30cm^2;

26)　一侧下颌骨完全缺损,伴颜面部软组织缺损 >30cm^2;

27)　舌缺损 >全舌的 2/3;

28)　一侧全肺切除并胸廓成形术;

29)　一侧胸廓成形术,肋骨切除 6 根以上;

30)　一侧全肺切除并隆凸切除成形术;

31)　一侧全肺切除并血管代用品重建大血管术;

32)　Ⅲ度房室传导阻滞;

33) 肝切除 2/3，并肝功能中度损害；

34) 胰次全切除，胰岛素依赖；

35) 一侧肾切除，对侧肾功能不全失代偿期；

36) 双侧输尿管狭窄，肾功能不全失代偿期；

37) 永久性输尿管腹壁造瘘；

38) 膀胱全切除；

39) 尘肺Ⅲ期；

40) 尘肺Ⅱ期伴肺功能中度损伤及（或）中度低氧血症；

41) 尘肺Ⅱ期合并活动性肺结核；

42) 放射性肺炎后两叶肺纤维化，伴肺功能中度损伤及（或）中度低氧血症；

43) 粒细胞缺乏症；

44) 再生障碍性贫血；

45) 职业性慢性白血病；

46) 中毒性血液病，骨髓增生异常综合征；

47) 中毒性血液病，严重出血或血小板含量 $\leqslant 2 \times 10^{10}/L$；

48) 砷性皮肤癌；

49) 放射性皮肤癌。

d) 四级

1) 中度智能损伤；

2) 精神病性症状致使缺乏社交能力者；

3) 单肢瘫肌力 $\leqslant 2$ 级；

4) 双手部分肌瘫肌力 $\leqslant 2$ 级；

5) 一手全肌瘫肌力 $\leqslant 2$ 级；

6) 脑脊液漏伴有颅底骨缺损不能修复或反复手术失败；

7) 面部中度毁容；

8) 全身瘢痕面积≥60%，四肢大关节中1个关节活动功能受限；

9) 面部瘢痕或植皮≥1/2并有轻度毁容；

10) 双拇指完全缺失或无功能；

11) 一侧手功能完全丧失，另一手部分功能丧失；

12) 一侧膝以下缺失，另一侧前足缺失；

13) 一侧膝以上缺失；

14) 一侧踝以下缺失，另一足畸形行走困难；

15) 双膝以下缺失或无功能；

16) 一眼有或无光感，另眼矫正视力<0.2或视野≤32%（或半径≤20°）；

17) 一眼矫正视力<0.05，另眼矫正视力≤0.1；

18) 双眼矫正视力<0.1或视野≤32%（或半径≤20°）；

19) 双耳听力损失≥91dB；

20) 牙关紧闭或因食管狭窄只能进流食；

21) 一侧上颌骨缺损1/2，伴颜面软组织缺损>20cm^2；

22) 下颌骨缺损长6cm以上的区段，伴口腔、颜面软组织缺损>20cm^2；

23) 双侧颞下颌关节骨性强直，完全不能张口；

24) 面颊部洞穿性缺损>20cm^2；

25) 双侧完全性面瘫；

26) 一侧全肺切除术；

27) 双侧肺叶切除术；

28) 肺叶切除后并胸廓成形术后；

29) 肺叶切除并隆凸切除成形术后；

30) 一侧肺移植术；

31) 心瓣膜置换术后；

32) 心功能不全二级；

33) 食管重建术后吻合口狭窄，仅能进流食者；

34) 全胃切除；

35) 胰头、十二指肠切除；

36) 小肠切除 3/4；

37) 小肠切除 2/3，包括回盲部切除；

38) 全结肠、直肠、肛门切除，回肠造瘘；

39) 外伤后肛门排便重度障碍或失禁；

40) 肝切除 2/3；

41) 肝切除 1/2，肝功能轻度损害；

42) 胆道损伤致肝功能中度损害；

43) 甲状旁腺功能重度损害；

44) 肾修补术后，肾功能不全失代偿期；

45) 输尿管修补术后，肾功能不全失代偿期；

46) 永久性膀胱造瘘；

47) 重度排尿障碍；

48) 神经原性膀胱，残余尿 ≥50mL；

49) 尿道狭窄，需定期行扩张术；

50) 双侧肾上腺缺损；

51) 未育妇女双侧卵巢切除；

52) 尘肺 II 期；

53) 尘肺 I 期伴肺功能中度损伤或中度低氧血症；

54) 尘肺 I 期伴活动性肺结核；

55) 病态窦房结综合征（需安装起搏器者）；

56) 肾上腺皮质功能明显减退；

57） 免疫功能明显减退。

e） 五级

1） 癫痫中度；

2） 四肢瘫肌力 4 级；

3） 单肢瘫肌力 3 级；

4） 双手部分肌瘫肌力 3 级；

5） 一手全肌瘫肌力 3 级；

6） 双足全肌瘫肌力 3 级；

7） 完全运动性失语；

8） 完全性失用、失写、失读、失认等具有一项者；

9） 不完全性失用、失写、失读、失认等具有多项者；

10） 全身瘢痕占体表面积≥50%，并有关节活动功能受限；

11） 面部瘢痕或植皮≥1/3 并有毁容标准之一项；

12） 脊柱骨折后遗 30°以上侧弯或后凸畸形，伴严重根性神经痛（以电生理检查为依据）；

13） 一侧前臂缺失；

14） 一手功能完全丧失；

15） 肩、肘、腕关节之一功能完全丧失；

16） 一手拇指缺失，另一手除拇指外三指缺失；

17） 一手拇指无功能，另一手除拇指外三指功能丧失；

18） 双前足缺失或双前足瘢痕畸形，功能完全丧失；

19） 双跟骨足底软组织缺损瘢痕形成，反复破溃，

20） 一髋（或一膝）功能完全丧失；

21） 一侧膝以下缺失；

22） 第Ⅲ对脑神经麻痹；

23） 双眼外伤性青光眼术后，需用药物维持眼压者；

24) 一眼有或无光感，另眼矫正视力≤0.3或视野≤40%（或半径≤25°）；

25) 一眼矫正视力<0.05，另眼矫正视力≤0.2～0.25；

26) 一眼矫正视力<0.1，另眼矫正视力等于0.1；

27) 双眼视野≤40%（或半径≤25°）；

28) 一侧眼球摘除者；

29) 双耳听力损失≥81 dB；

30) 一般活动及轻工作时有呼吸困难；

31) 吞咽困难，仅能进半流食；

32) 双侧喉返神经损伤，喉保护功能丧失致饮食呛咳、误吸；

33) 一侧上颌骨缺损>1/4，但<1/2，伴软组织缺损>10cm²，但<20 cm²；

34) 下颌骨缺损长4 cm以上的区段，伴口腔、颜面软组织缺损>10 cm²；

35) 舌缺损>1/3，但<2/3；

36) 一侧完全面瘫，另一侧不完全面瘫；

37) 双肺叶切除术；

38) 肺叶切除术并血管代用品重建大血管术；

39) 隆凸切除成形术；

40) 食管重建术后吻合口狭窄，仅能进半流食者；

41) 食管气管（或支气管）瘘；

42) 食管胸膜瘘；

43) 胃切除3/4；

44) 十二指肠憩室化；

45) 小肠切除2/3，包括回肠大部；

46) 直肠、肛门切除，结肠部分切除，结肠造瘘；

47) 肝切除 1/2；

48) 胰切除 2/3；

49) 甲状腺功能重度损害；

50) 一侧肾切除，对侧肾功能不全代偿期；

51) 一侧输尿管狭窄，肾功能不全代偿期；

52) 尿道瘘不能修复者；

53) 两侧睾丸、副睾丸缺损；

54) 生殖功能重度损伤；

55) 双侧输精管缺损，不能修复；

56) 阴茎全缺损；

57) 未育妇女子宫切除或部分切除；

58) 已育妇女双侧卵巢切除；

59) 未育妇女双侧输卵管切除；

60) 阴道闭锁；

61) 会阴部瘢痕挛缩伴有阴道或尿道或肛门狭窄；

62) 未育妇女双侧乳腺切除；

63) 肺功能中度损伤；

64) 中度低氧血症；

65) 莫氏 II 型 II 度房室传导阻滞；

66) 病态窦房结综合征（不需安起搏器者）；

67) 中毒性血液病，血小板减少（$\leqslant 4 \times 10^{10}$/L）并有出血倾向；

68) 中毒性血液病，白细胞含量持续 $< 3 \times 10^9$/L（$< 3\,000$/mm^3）或粒细胞含量 $< 1.5 \times 10^9$/L（$1\,500$/mm^3）；

69) 慢性中度中毒性肝病；

70) 肾功能不全失代偿期，内生肌酐清除率持续 < 50 mL/min

或血浆肌酐水平持续 >177/μmol/L （ >2 mg/dL）；

71） 放射性损伤致睾丸萎缩；

72） 慢性重度磷中毒；

73） 重度手臂振动病。

f） 六级

1） 轻度智能损伤；

2） 精神病性症状影响职业劳动能力者；

3） 三肢瘫肌力 4 级；

4） 截瘫双下肢肌力 4 级伴轻度排尿障碍；

5） 双手全肌瘫肌力 4 级；

6） 双足部分肌瘫肌力 ≤2 级；

7） 单足全肌瘫肌力 ≤2 级；

8） 轻度运动障碍（非肢体瘫）；

9） 不完全性失语；

10） 面部重度异物色素沉着或脱失；

11） 面部瘢痕或植皮 ≥1/3；

12） 全身瘢痕面积 ≥40%；

13） 撕脱伤后头皮缺失 1/5 以上；

14） 脊柱骨折后遗小于 30° 畸形伴根性神经痛（神经电生理检查不正常）；

15） 单纯一拇指完全缺失，或连同另一手非拇指二指缺失；

16） 一拇指功能完全丧失，另一手除拇指外有二指功能完全丧失；

17） 一手三指（含拇指）缺失；

18） 除拇指外其余四指缺失或功能完全丧失；

19） 一侧踝以下缺失；

20) 一侧踝关节畸形，功能完全丧失；

21) 下肢骨折成角畸形 >15°，并有肢体短缩4cm 以上；

22) 一前足缺失，另一足仅残留拇趾；

23) 一前足缺失，另一足除拇趾外，2~5 趾畸形，功能丧失；

24) 一足功能丧失，另一足部分功能丧失；

25) 一髋或一膝关节伸屈活动达不到0°~90°者；

26) 单侧跟骨足底软组织缺损瘢痕形成，反复破溃；

27) 一眼有或无光感，另一眼矫正视力≥0.4；

28) 一眼矫正视力≤0.05，另一眼矫正视力≥0.3；

29) 一眼矫正视力≤0.1，另一眼矫正视力≥0.2；

30) 双眼矫正视力≤0.2 或视野≤48%（或半径≤30°）；

31) 第Ⅳ或第Ⅵ对脑神经麻痹，或眼外肌损伤致复视的；

32) 双耳听力损失≥71 dB；

33) 双侧前庭功能丧失，睁眼行走困难，不能并足站立；

34) 单侧或双侧颞下颌关节强直，张口困难Ⅲ°；

35) 一侧上颌骨缺损1/4，伴口腔、颜面软组织缺损 >10cm²；

36) 面部软组织缺损 >20 cm²，伴发涎瘘；

37) 舌缺损 >1/3，但 <1/2；

38) 双侧颧骨并颧弓骨折，伴有开口困难Ⅱ°以上及颜面部畸形经手术复位者；

39) 双侧下颌骨髁状突颈部骨折，伴有开口困难Ⅱ°以上及咬合关系改变，经手术治疗者；

40) 一侧完全性面瘫；

41) 肺叶切除并肺段或楔形切除术；

42) 肺叶切除并支气管成形术后；

43) 支气管（或气管）胸膜瘘；

44) 冠状动脉旁路移植术；

45) 血管代用品重建大血管；

46) 胃切除 2/3；

47) 小肠切除 1/2，包括回盲部；

48) 肛门外伤后排便轻度障碍或失禁；

49) 肝切除 1/3；

50) 胆道损伤致肝功能轻度损伤；

51) 腹壁缺损面积≥腹壁的 1/4；

52) 胰切除 1/2；

53) 青年脾切除；

54) 甲状腺功能中度损害；

55) 甲状旁腺功能中度损害；

56) 肾损伤性高血压；

57) 膀胱部分切除合并轻度排尿障碍；

58) 两侧睾丸创伤后萎缩，血睾酮低于正常值；

59) 生殖功能轻度损伤；

60) 阴茎部分缺损；

61) 已育妇女双侧乳腺切除；

62) 女性双侧乳房完全缺损或严重瘢痕畸形；

63) 尘肺 I 期伴肺功能轻度损伤及（或）轻度低氧血症；

64) 放射性肺炎后肺纤维化（＜两叶），伴肺功能轻度损伤及（或）轻度低氧血症；

65) 其他职业性肺部疾患，伴肺功能轻度损伤；

66) 白血病完全缓解；

67) 中毒性肾病，持续性低分子蛋白尿伴白蛋白尿；

68) 中毒性肾病，肾小管浓缩功能减退；

69) 肾上腺皮质功能轻度减退;

70) 放射性损伤致甲状腺功能低下;

71) 减压性骨坏死Ⅲ期;

72) 中度手臂振动病;

73) 工业性氟病Ⅲ期。

g) 七级

1) 偏瘫肌力4级;

2) 截瘫肌力4级;

3) 单手部分肌瘫肌力3级;

4) 双足部分肌瘫肌力3级;

5) 单足全肌瘫肌力3级;

6) 中毒性周围神经病重度感觉障碍;

7) 不完全性失用、失写、失读和失认等具有一项者;

8) 符合重度毁容标准之二项者;

9) 烧伤后颅骨全层缺损≥30cm²,或在硬脑膜上植皮面积≥10cm²;

10) 颈部瘢痕挛缩,影响颈部活动;

11) 全身瘢痕面积≥30%;

12) 面部瘢痕、异物或植皮伴色素改变占面部的10%以上;

13) 女性两侧乳房部分缺损;

14) 骨盆骨折后遗产道狭窄(未育者);

15) 骨盆骨折严重移位,症状明显者;

16) 一拇指指间关节离断;

17) 一拇指指间关节畸形,功能完全丧失;

18) 一手除拇指外,其他2～3指(含食指)近侧指间关节离断;

19) 一手除拇指外，其他 2 ~ 3 指（含食指）近侧指间关节功能丧失；

20) 肩、肘、腕关节之一损伤后活动度未达功能位者；

21) 一足 1 ~ 5 趾缺失；

22) 一足除拇趾外，其他四趾瘢痕畸形，功能完全丧失；

23) 一前足缺失；

24) 四肢大关节人工关节术后，基本能生活自理；

25) 四肢大关节创伤性关节炎，长期反复积液；

26) 下肢伤后短缩 >2cm，但 <3 cm 者；

27) 膝关节韧带损伤术后关节不稳定，伸屈功能正常者；

28) 一眼有或无光感，另眼矫正视力 ≥0.8；

29) 一眼有或无光感，另一眼各种客观检查正常；

30) 一眼矫正视力 ≤0.05，另眼矫正视力 ≥0.6；

31) 一眼矫正视力 ≤0.1，另眼矫正视力 ≥0.4；

32) 双眼矫正视力 ≤0.3 或视野 ≤64%（或半径 ≤40°）；

33) 单眼外伤性青光眼术后，需用药物维持眼压者；

34) 双耳听力损失 ≥56 dB；

35) 咽成形术后，咽下运动不正常；

36) 牙槽骨损伤长度 ≥8 cm，牙齿脱落 10 个及以上；

37) 一侧颧骨并颧弓骨折；

38) 一侧下颌骨髁状突颈部骨折；

39) 双侧颧骨并颧弓骨折，无功能障碍者；

40) 单侧颧骨并颧弓骨折，伴有开口困难 Ⅱ° 以上及颜面部畸形经手术复位者；

41) 双侧不完全性面瘫；

42) 肺叶切除术；

43）　限局性脓胸行部分胸廓成形术；

44）　气管部分切除术；

45）　肺功能轻度损伤；

46）　食管重建术后伴返流性食管炎；

47）　食管外伤或成形术后咽下运动不正常；

48）　胃切除 1/2；

49）　小肠切除 1/2；

50）　结肠大部分切除；

51）　肝切除 1/4；

52）　胆道损伤，胆肠吻合术后；

53）　成人脾切除；

54）　胰切除 1/3；

55）　一侧肾切除；

56）　膀胱部分切除；

57）　轻度排尿障碍；

58）　已育妇女子宫切除或部分切除；

59）　未育妇女单侧卵巢切除；

60）　已育妇女双侧输卵管切除；

61）　阴道狭窄；

62）　未育妇女单侧乳腺切除；

63）　尘肺 I 期，肺功能正常；

64）　放射性肺炎后肺纤维化（＜两叶），肺功能正常；

65）　轻度低氧血症；

66）　心功能不全一级；

67）　再生障碍性贫血完全缓解；

68）　白细胞减少症，[含量持续 $<4 \times 10^9/L$（4 000/mm^3）]；

69) 中性粒细胞减少症，〔含量持续 $<2\times10^9/L$（2 000/mm³）〕；

70) 慢性轻度中毒性肝病；

71) 肾功能不全代偿期，内生肌酐清除率 $<70mL/min$；

72) 三度牙酸蚀病。

h) 八级

1) 人格改变；

2) 单肢体瘫肌力 4 级；

3) 单手全肌瘫肌力 4 级；

4) 双手部分肌瘫肌力 4 级；

5) 双足部分肌瘫肌力 4 级；

6) 单足部分肌瘫肌力 ≤3 级；

7) 脑叶切除术后无功能障碍；

8) 符合重度毁容标准之一项者；

9) 面部烧伤植皮 ≥1/5；

10) 面部轻度异物沉着或色素脱失；

11) 双侧耳廓部分或一侧耳廓大部分缺损；

12) 全身瘢痕面积 ≥20%；

13) 女性一侧乳房缺损或严重瘢痕畸形；

14) 一侧或双侧眼睑明显缺损；

15) 脊椎压缩骨折，椎体前缘总体高度减少 1/2 以上者；

16) 一手除拇、食指外，有两指近侧指间关节离断；

17) 一手除拇、食指外，有两指近侧指间关节无功能；

18) 一足拇趾缺失，另一足非拇趾一趾缺失；

19) 一足拇趾畸形，功能完全丧失，另一足非拇趾一趾畸形；

20) 一足除拇趾外，其他三趾缺失；

21) 因开放骨折感染形成慢性骨髓炎，反复发作者；

22) 四肢大关节创伤性关节炎，无积液；

23) 急性放射皮肤损伤Ⅳ度及慢性放射性皮肤损伤手术治疗后影响肢体功能；

24) 放射性皮肤溃疡经久不愈者；

25) 一眼矫正视力≤0.2，另眼矫正视力≥0.5；

26) 双眼矫正视力等于0.4；

27) 双眼视野≤80%（或半径≤50°）；

28) 一侧或双侧睑外翻或睑闭合不全者；

29) 上睑下垂盖及瞳孔1/3者；

30) 睑球粘连影响眼球转动者；

31) 外伤性青光眼行抗青光眼手术后眼压控制正常者；

32) 双耳听力损失≥41dB 或一耳≥91dB；

33) 体力劳动时有呼吸困难；

34) 发声及言语困难；

35) 牙槽骨损伤长度≥6cm，牙齿脱落8个及以上；

36) 舌缺损＜舌的1/3；

37) 双侧鼻腔或鼻咽部闭锁；

38) 双侧颞下颌关节强直，张口困难Ⅱ°；

39) 上、下颌骨骨折，经牵引、固定治疗后有功能障碍者；

40) 双侧颧骨并颧弓骨折，无开口困难，颜面部凹陷畸形不明显，不需手术复位；

41) 肺段切除术；

42) 支气管成形术；

43) 双侧多根多处肋骨骨折致胸廓畸形；

44) 膈肌破裂修补术后，伴膈神经麻痹；

45） 心脏、大血管修补术；

46） 心脏异物滞留或异物摘除术；

47） 食管重建术后，进食正常者；

48） 胃部分切除；

49） 十二指肠带蒂肠片修补术；

50） 小肠部分切除；

51） 结肠部分切除；

52） 肝部分切除；

53） 胆道修补术；

54） 腹壁缺损面积＜腹壁的1/4；

55） 脾部分切除；

56） 胰部分切除；

57） 甲状腺功能轻度损害；

58） 甲状旁腺功能轻度损害；

59） 输尿管修补术；

60） 尿道修补术；

61） 一侧睾丸、副睾丸切除；

62） 一侧输精管缺损，不能修复；

63） 性功能障碍；

64） 一侧肾上腺缺损；

65） 已育妇女单侧卵巢切除；

66） 已育妇女单侧输卵管切除；

67） 已育妇女单侧乳腺切除；

68） 其他职业性肺疾患，肺功能正常；

69） 中毒性肾病，持续低分子蛋白尿；

70） 慢性中度磷中毒；

71) 工业性氟病Ⅱ期；

72) 减压性骨坏死Ⅱ期；

73) 轻度手臂振动病；

74) 二度牙酸蚀。

i) 九级

1) 癫痫轻度；

2) 中毒性周围神经病轻度感觉障碍；

3) 脑挫裂伤无功能障碍；

4) 开颅手术后无功能障碍者；

5) 颅内异物无功能障碍；

6) 颈部外伤致颈总、颈内动脉狭窄，支架置入或血管搭桥手术后无功能障碍；

7) 符合中度毁容标准之二项或轻度毁容者；

8) 发际边缘瘢痕性秃发或其他部位秃发，需戴假发者；

9) 颈部瘢痕畸形，不影响活动；

10) 全身瘢痕占体表面积≥5%；

11) 面部有≥8cm² 或三处以上≥1cm² 的瘢痕；

12) 两个以上横突骨折后遗腰痛；

13) 三个节段脊柱内固定术；

14) 脊椎压缩前缘高度＜1/2者；

15) 椎间盘切除术后无功能障碍；

16) 一拇指末节部分1/2缺失；

17) 一手食指2～3节缺失；

18) 一拇指指间关节功能丧失；

19) 一足拇趾末节缺失；

20) 除拇趾外其他二趾缺失或瘢痕畸形，功能不全；

21) 距骨或跗骨骨折影响足弓者；

22) 患肢外伤后一年仍持续存在下肢中度以上凹陷性水肿者；

23) 骨折内固定术后，无功能障碍者；

24) 外伤后膝关节半月板切除、髌骨切除、膝关节交叉韧带修补术后无功能障碍；

25) 第 V 对脑神经眼支麻痹；

26) 眶壁骨折致眼球内陷、两眼球突出度相差 >2 mm 或错位变形影响外观者；

27) 一眼矫正视力 ≤0.3，另眼矫正视力 >0.6；

28) 双眼矫正视力等于 0.5；

29) 泪器损伤，手术无法改进溢泪者；

30) 双耳听力损失 ≥31dB 或一耳损失 ≥71dB；

31) 发声及言语不畅；

32) 铬鼻病有医疗依赖；

33) 牙槽骨损伤长度 >4cm，牙脱落 4 个及以上；

34) 上、下颌骨骨折，经牵引、固定治疗后无功能障碍者；

35) 肺修补术；

36) 肺内异物滞留或异物摘除术；

37) 膈肌修补术；

38) 限局性脓胸行胸膜剥脱术；

39) 食管修补术；

40) 胃修补术后；

41) 十二指肠修补术；

42) 小肠修补术后；

43) 结肠修补术后；

44) 肝修补术后；

45） 胆囊切除；

46） 开腹探查术后；

47） 脾修补术后；

48） 胰修补术后；

49） 肾修补术后；

50） 膀胱修补术后；

51） 子宫修补术后；

52） 一侧卵巢部分切除；

53） 阴道修补或成形术后；

54） 乳腺成形术后。

j） 十级

1） 符合中度毁容标准之一项者；

2） 面部有瘢痕，植皮，异物色素沉着或脱失 $>2 \ cm^2$；

3） 全身瘢痕面积 $<5\%$，但 $\geqslant 1\%$；

4） 外伤后受伤节段脊柱骨性关节炎伴腰痛，年龄在 50 岁以下者；

5） 椎间盘突出症未做手术者；

6） 一手指除拇指外，任何一指远侧指间关节离断或功能丧失；

7） 指端植皮术后（增生性瘢痕 $1 \ cm^2$ 以上）；

8） 手背植皮面积 $>50 \ cm^2$，并有明显瘢痕；

9） 手掌、足掌植皮面积 $>30\%$者；

10） 除拇指外，余 3～4 指末节缺失；

11） 除拇趾外，任何一趾末节缺失；

12） 足背植皮面积 $>100 \ cm^2$；

13） 膝关节半月板损伤、膝关节交叉韧带损伤未做手术者；

14) 身体各部位骨折愈合后无功能障碍；

15) 一手或两手慢性放射性皮肤损伤Ⅱ度及Ⅱ度以上者；

16) 一眼矫正视力≤0.5，另一眼矫正视力≥0.8；

17) 双眼矫正视力≤0.8；

18) 一侧或双侧睑外翻或睑闭合不全行成形手术后矫正者；

19) 上睑下垂盖及瞳孔1/3行成形手术后矫正者；

20) 睑球粘连影响眼球转动行成形手术后矫正者；

21) 职业性及外伤性白内障术后人工晶状体眼，矫正视力正常者；

22) 职业性及外伤性白内障，矫正视力正常者；

23) 晶状体部分脱位；

24) 眶内异物未取出者；

25) 眼球内异物未取出者；

26) 外伤性瞳孔放大；

27) 角巩膜穿通伤治愈者；

28) 双耳听力损失≥26 dB，或一耳≥56 dB，

29) 双侧前庭功能丧失，闭眼不能并足站立；

30) 铬鼻病（无症状者）；

31) 嗅觉丧失；

32) 牙齿除智齿以外，切牙脱落1个以上或其他牙脱落2个以上；

33) 一侧颞下颌关节强直，张口困难Ⅰ度；

34) 鼻窦或面颊部有异物未取出；

35) 单侧鼻腔或鼻孔闭锁；

36) 鼻中隔穿孔；

37) 一侧不完全性面瘫；

38) 血、气胸行单纯闭式引流术后，胸膜粘连增厚；

39) 开胸探查术后；

40) 肝外伤保守治疗后；

41) 胰损伤保守治疗后；

42) 脾损伤保守治疗后；

43) 肾损伤保守治疗后；

44) 膀胱外伤保守治疗后；

45) 卵巢修补术后；

46) 输卵管修补术后；

47) 乳腺修补术后；

48) 免疫功能轻度减退；

49) 慢性轻度磷中毒；

50) 工业性氟病 I 期；

51) 煤矿井下工人滑囊炎；

52) 减压性骨坏死 I 期；

53) 一度牙酸蚀病；

54) 职业性皮肤病久治不愈。

B.2 分级表

表 B.1 神经内科、神经外科、精神科门

伤残类别		分 级									
		1	2	3	4	5	6	7	8	9	10
智能损伤		极重度	重度		中度					轻度	
精神症状				重度 1. 精神病性症状表现为危险或冲动行为者 2. 精神病性症状致使缺乏自理能力者	中度 精神病性症状致使缺乏社交能力者		轻度 精神病性症状影响职业劳动能力者				
癫痫						中度				轻度	
运用障碍脑损伤		四肢瘫肌力≤3级或瘫三肢肌力≤2级	1. 三肢瘫肌力3级 2. 偏瘫肌力≤2级	偏瘫肌力3级	单肢瘫肌力≤2级	1. 四肢瘫肌力4级 2. 单肢瘫肌力3级	三肢瘫肌力4级	偏瘫肌力4级	单肢体瘫肌力4级		
脊髓损伤		颈4以上截瘫肌力≤2级	截瘫肌力≤2级	截瘫肌力3级			截瘫双下肢肌力4级伴轻度排尿障碍	截瘫肌力4级			

表 B.1（续）

伤残类别	分级									
	1	2	3	4	5	6	7	8	9	10
周围神经损伤		双手全肌瘫肌力≤3级	双足全肌瘫肌力≤2级	1. 双手部分肌瘫肌力分≤2级 2. 一手全肌瘫肌力≤2级	1. 双手部分肌瘫肌力分3级 2. 一手全肌瘫肌力3级 3. 双足全肌瘫肌力3级	1. 双手全肌瘫肌力4级 2. 双足部分肌瘫肌力分≤2级 3. 单足全肌瘫肌力≤2级	1. 单手部分肌瘫肌力分3级 2. 双足部分肌瘫肌力分3级 3. 单足全肌瘫肌力3级 4. 中毒性周围神经病重度感觉障碍	1. 单手全肌瘫肌力4级 2. 双足部分肌瘫肌力分4级 3. 双足全肌瘫肌力4级 4. 单足部分肌瘫肌力分≤3级	中毒性周围神经病轻度感觉障碍	
非肢体瘫痪的运动障碍	重度		中度			轻度				
特殊皮层功能障碍 1. 失语		完全感觉性或混合性失语			完全运动性失语	不完全失语				

164

表 B.1（续）

伤残类别	分级									
	1	2	3	4	5	6	7	8	9	10
2. 失用、失写、失认等			两项以上完全性		1. 单项完全性 2. 多项不完全性		单项不完全性			
颅脑损伤				脑脊液漏伴有颅底骨缺损不能修复，或修复手术反复失败				脑叶切除术后无功能障碍	1. 脑挫裂伤无功能障碍 2. 开颅手术后无功能障碍 3. 颅内异物无功能障碍 4. 颈部动脉外伤致颈总、颈内动脉狭窄，支架置入或搭桥手术后无功能障碍	

165

表 B.2 骨科、整形外科、烧伤科门

伤残类别	分级 1	2	3	4	5	6	7	8	9	10
头面部	1. 面部重度毁容，同时伴有B.2中二级伤残之一 2. 全身瘢痕形成，占体表面积90%，伴有脊柱及四肢大关节活动功能基本丧失	1. 全身重度瘢痕形成，占体表面积80%，伴有四肢大关节中3个以上活动功能受限 2. 全面部瘢痕或植皮伴有重度毁容	1. 全身重度瘢痕形成，占体表面积70%，伴有四肢大关节中2个以上活动功能受限 2. 面部瘢痕或植皮≥2/3并伴有中度毁容	1. 面部中度毁容 2. 全身瘢痕占体表面积60%，四肢大关节中1个关节活动功能受限 3. 面部瘢痕或植皮≥1/2并伴有轻度毁容	1. 全身瘢痕占体表面积50%，并有关节活动受限 2. 面部瘢痕或植皮≥1/3并伴有毁容标准之一项	1. 面部重度异物色素沉着或脱失 2. 全身瘢痕占体表面积40% 3. 面部瘢痕或植皮≥1/3 4. 撕脱伤后头皮缺失1/5以上 5. 女性两侧乳房完全缺损或严重瘢痕畸形	1. 符合重度毁容标准之二项者 2. 烧伤后颅骨全层缺损≥30cm²，或在硬脑膜上植皮面积≥10cm² 3. 颈部瘢痕挛缩，影响颈部活动 4. 全身瘢痕≥30% 5. 面部瘢痕或异物色素改变占面部的面积10%以上	1. 符合重度毁容标准之一项者 2. 面部烧伤深度皮伤≥1/5 3. 面部轻度异物色素沉着或脱失 4. 双侧耳廓部分或大部分缺损 5. 全身瘢痕≥20% 6. 女性一侧乳房缺损或严重瘢痕畸形	1. 符合中度毁容标准之二项或轻度毁容者 2. 发际瘢痕秃发或其他部位秃发，需戴假发者 3. 面部有≥8cm²或三处以上≥1cm²的瘢痕 4. 颈部瘢痕畸形，不影响活动 5. 全身瘢痕占体表面积≥5%	1. 符合中度毁容标准之一项者 2. 面部植皮、异物色素沉着，或瘢痕，脱失>2cm² 3. 全身瘢痕面积<5%，≥1%

表B.2(续)

伤残类别	分级									
	1	2	3	4	5	6	7	8	9	10
头面部毁容							6. 女性两侧乳房部分缺损	7. 一侧或双侧眼睑明显缺损		
脊柱损伤					脊柱骨折后遗30°以上侧弯或后凸畸形,伴严重根性神经痛(以电生理检查为依据)	脊柱骨折后遗小于30°畸形伴根性神经痛(神经检查生理不正常)	1. 骨盆骨折后遗产道狭窄(未育者) 2. 骨盆骨折严重移位,症状明显者	脊椎压缩骨折,前缘高度减少1/2以上者	1. 两个以上椎突骨折后遗腰痛 2. 三个节段脊柱内固定术 3. 脊椎压缩前缘高度<1/2者 4. 椎间盘切除术后,无功能障碍	1. 外伤后受伤节段脊柱骨性关节炎,伴腰痛,年龄在50岁以下者 2. 椎间盘突出症未做手术者

表 B.2（续）

伤残类别	分级									
	1	2	3	4	5	6	7	8	9	10
上肢	双肘关节以上缺失或完全功能丧失	双侧前臂缺失或双手功能完全丧失	1. 一手缺失，另一手拇指缺失 2. 双手拇、食指缺失或功能完全丧失 3. 一侧肘上缺失	1. 双拇指完全缺失或无功能 2. 一侧手功能完全丧失，另一手部分功能丧失	1. 一侧前臂缺失 2. 一侧完全功能丧失 3. 肩、肘、腕关节之一功能完全丧失 4. 一手拇指缺失，另一手除拇指外三指缺失 5. 一手三指（含拇指）缺失，另一手除拇指外三指缺失或功能丧失	1. 单纯一拇指完全缺失，或同一手非拇指二指缺失 2. 一拇指完全功能丧失，另一手除拇指外有二指功能丧失 3. 一手除拇指外其他2～3指（含食指）缺失 4. 除拇指外其余四指缺失或功能完全丧失	1. 一拇指指间关节离断 2. 一拇指指间关节畸形，功能丧失 3. 一手除拇指外，其他2～3指（含食指）近侧指间关节离断 4. 一手三指（含拇指）近侧指间关节功能丧失	1. 一手除拇、食指外，有两指近侧指间关节离断 2. 一手除拇、食指外，有两指近侧指间关节能	1. 一拇指末节1/2缺失 2. 一手食指2～3节缺失 3. 一拇指指间关节功能丧失	1. 一手除拇指外，任何一指近侧指间关节功能完全丧失 2. 指端植皮术后（增生性瘢痕1cm²以上） 3. 手背植皮面积＞50cm²，并有明显瘢痕 4. 手掌、足掌植皮面积＞30%者 5. 除拇指外，余3～4指末节缺失

表 B.2(续)

伤残类别	分级									
	1	2	3	4	5	6	7	8	9	10
上肢							5. 肩、肘、胸关节之一损伤后活动度未达功能位者			
下肢		1. 双下肢高位缺失 2. 双下肢瘫痕畸形，功能完全丧失 3. 双踝僵直于非功能位 4. 双膝以上缺失	1. 双髋、双膝关节中，有一个关节无功能及另一关节活动达不到90°者 2. 一侧髋、膝关节畸形，功能完全丧失	1. 一侧膝以下缺失，另一侧前足缺失 2. 一侧以上缺失 3. 一侧膝以下缺失，另一足畸形行走困难 4. 双膝以下缺失或无功能	1. 双前足缺失或双前足瘫痕畸形，功能完全丧失 2. 双足底软组织缺损瘫痕形成，反复破溃 3. 一髋（或一膝）功能完全丧失 4. 一侧膝以下缺失	1. 一侧踝以下缺失 2. 一侧踝关节畸形，功能完全丧失 3. 下肢骨折成角畸形>15°并有肢体缩短4cm以上 4. 一前足缺失，另一足仅残留拇趾	1. 一足1~5趾缺失 2. 一足除拇趾外，其他4趾瘫痕畸形，功能完全丧失 3. 一前足缺失 4. 下肢短缩后残留>2cm者	1. 一足拇趾缺失，另一足非拇趾一趾缺失 2. 一足拇趾畸形，功能完全丧失，另一足非拇趾畸形 3. 一足除拇趾外，其他三趾缺失	1. 一足拇趾缺失 2. 除拇趾外，其他趾缺失或瘫痕畸形，功能不全 3. 跗骨骨折影响足弓者	1. 除拇趾外，任何一趾末节缺失 2. 足背植皮面积>100cm²

表 B.2(续)

伤残类别	分级									
	1	2	3	4	5	6	7	8	9	10
下肢		5. 双膝、踝关节功能完全丧失				5. 一前足缺失,另一足除拇趾外,2~5趾畸形,功能丧失 6. 一足功能丧失,另一足部分功能丧失 7. 一髋或一膝关节伸屈活动达不到0°~90°者 8. 单侧跟骨足底软组织缺损,瘢痕形成,反复破溃	5. 膝关节韧带损伤术后关节不稳定,屈伸功能正常者	4. 因开放骨折感染,形成慢性骨髓炎,反复发作者	4. 患肢外伤后1年仍持续存在下肢中度以上凹陷性水肿者	

表 B.2(续)

伤残类别	分级									
	1	2	3	4	5	6	7	8	9	10
上肢及下肢	1. 双下肢高位缺失及一上肢高位缺失 2. 双下肢及一上肢严重瘢痕畸形,活动功能丧失	1. 同侧上、下肢瘢痕畸形,功能完全丧失 2. 四肢大关节(肩、髋、膝、肘)中四个以上关节功能完全丧失	1. 非同侧腕上、踝上缺失 2. 非同侧上、下肢瘢痕畸形,功能完全丧失				1. 四肢大关节创伤性关节炎,长期反复积液 2. 四肢大关节人工关节术后,基本能生活自理	1. 急性放射性皮肤损伤IV度及慢性放射性皮肤损伤 2. 放射性皮肤溃疡经久不愈者 3. 四肢关节创伤性关节炎,无积液	1. 骨折内固定术后,无功能障碍 2. 外伤后半月板切除、髌骨切除、膝关节交叉韧带修补术后无功能障碍者	1. 一手或两手慢性放射性皮肤损伤II度及以上 2. 膝关节半月板损伤、膝关节交叉韧带损伤未做手术者 3. 身体各部位骨折愈合后无功能障碍

表 B.3 眼科、耳鼻喉科、口腔科门

伤残类别	分级									
	1	2	3	4	5	6	7	8	9	10
眼损伤与视功能障碍	双眼无光感或有光感但光定位不准者	一眼有无光感或有光感,另眼矫正视力≤0.02(或视野≤8%(或半径≤5°)	1. 一眼有无光感或有光感,另眼矫正视力≤0.05或视野≤16%(或半径≤10°) 2. 双眼矫正视力<0.05或视野≤16%(或半径≤10°) 3. 一侧眼球摘除或眶内容剜出,另眼矫正视力≥0.1或视野≤24%(或半径≤15°)	1. 一眼有无光感,另眼矫正视力<0.2或视野≤32%(或半径≤20°) 2. 一眼矫正视力<0.05,另眼矫正视力≤0.1 3. 双眼矫正视力<0.1或视野≤32%(或半径≤20°)	1. 一眼有无光感,另眼矫正视力≤0.3或视野≤40%(或半径≤25°) 2. 一眼矫正视力<0.05,另眼矫正视力等于0.2～0.25 3. 一眼矫正视力<0.1,另眼矫正视力等于0.1 4. 双眼视野≤40%(或半径≤25°)	1. 一眼有无光感,另眼矫正视力≥0.4 2. 一眼矫正视力0.05,另眼矫正视力≥0.3 3. 一眼矫正视力0.1,另眼矫正视力≥0.2 4. 双眼矫正视力0.2,另眼视野≤48%(或半径≤30°)	1. 一眼有无光感,另眼矫正视力≥0.8 2. 一眼有另眼各种客观检查正常 3. 一眼矫正视力0.05,另眼矫正视力≥0.6 4. 一眼矫正视力0.1,另眼矫正视力≥0.4	1. 一眼矫正视力0.2,另眼矫正视力≥0.5 2. 双眼矫正视力等于0.4 3. 双眼视野≤80%(或半径≤50°) 4. 一侧或双侧睑外翻或睑闭合不全者 5. 上睑下垂盖及瞳孔1/3者 6. 睑球粘连影响眼球转动者	1. 一眼矫正视力0.3,另眼矫正视力>0.6 2. 双眼矫正视力等于0.5 3. 泪器损伤,手术无法改进溢泪者 4. 第Ⅴ对脑神经麻痹 5. 眶壁骨折致眼球内陷,两眼球突出度相差>2mm或错位变形影响外观者	1. 一眼矫正视力≤0.5,另眼矫正视力>0.8 2. 双眼矫正视力≤0.8 3. 一侧或双侧睑外翻行成形术矫正者 4. 上睑下垂盖及瞳孔行成形术矫正者 5. 睑球粘连影响眼球转动行成形术矫正者

表 B.3　眼科、耳鼻喉科、口腔科门

伤残类别	分级									
	1	2	3	4	5	6	7	8	9	10
眼损伤与视功能障碍					5. 一侧眼球摘除者 6. 第Ⅲ对脑神经麻痹 7. 双眼青光眼术后，需用药物维持眼压者	5. 第Ⅳ或第Ⅵ对脑神经麻痹，或眼外肌损伤致复视的	5. 双眼矫正视力≤0.3，或视野≤64%（或半径≤40°） 6. 单眼青光眼术后需用药物维持眼压者	7. 外伤性青光眼抗青光眼手术后眼压控制正常者		6. 职业性及外伤性白内障，矫正视力正常者 7. 职业性及外伤性白内障术后人工晶状体眼，矫正视力正常者或矫正视力正常者 8. 晶状体部分脱位 9. 球内异物未取出 10. 眶内异物未取出 11. 外伤性瞳孔放大 12. 角巩膜穿通伤治愈者

173

表 B.3 眼科、耳鼻喉科、口腔科门

伤残类别	分级									
	1	2	3	4	5	6	7	8	9	10
听功能障碍				双耳听力损失 ≥ 91dB	双耳听力损失 ≥ 81dB	双耳听力损失 ≥ 71dB	双耳听力损失 ≥ 56dB	双耳听力损失 ≥ 41dB 或一耳听力损失≥91dB	双耳听力损失 ≥ 31dB 或一耳听力损失≥71dB	双耳听力损失 ≥ 26dB 或一耳听力损失≥56dB
前庭平衡障碍						双侧前庭功能丧失，静眼行走困难，并足站立				双侧前庭功能丧失，闭眼不能并足站立
喉原性呼吸困难及发声障碍			1. 呼吸完全依赖气管套管或造口 2. 静止状态下或轻微活动即有呼吸困难		一般活动及轻工作时有呼吸困难			1. 体力劳动时有呼吸困难 2. 发声及言语困难	发声及语不畅	

表 B.3 (续)

伤残 类别	分级									
	1	2	3	4	5	6	7	8	9	10
吞咽功能障碍		无吞咽功能,完全依赖进胃管食		牙关紧闭或因食管狭窄只能进流食	1. 吞咽困难,仅能进半流食 2. 双侧喉返神经损伤,喉保护功能丧失致饮食咙咳、误吸		咽成形术后,喉下运动不正常			
嗅觉障碍和络鼻病									络鼻病有医疗依赖	1. 络鼻病(无症状者) 2. 嗅觉丧失
口腔颌面损伤		1. 双侧上颌骨完全缺损 2. 双侧下颌骨完全缺损	1. 同侧上下颌骨完全缺损 2. 一侧上颌骨完全缺损,伴颜面部软组织缺损 >30cm²	1. 一侧颌骨缺损 1/2,伴颜面部软组织缺损 >20cm²	1. 一侧颌骨缺损 >1/4,但 <1/2,伴面部软组织缺损 < 20 cm²,但 >10 cm²	1. 单侧或双侧颞下颌关节强直,张口困难Ⅲ 2. 面部软组织缺损 >20 cm²,伴发运婆	1. 牙槽骨损伤长度 ≥8 cm,牙齿脱落10个以上 2. 一侧颅骨并颞弓骨折	1. 牙槽骨损伤长度 ≥6 cm,牙脱落8个以上 2. 舌缺损 <舌的1/3	1. 牙槽骨损伤长度 >4 cm,牙脱落4个及以上	1. 牙齿除智齿以外,切牙脱落1个以上或其他牙脱落2个以上

表 B.3（续）

伤残类别	分级									
	1	2	3	4	5	6	7	8	9	10
口腔颌面损伤		3. 一侧上颌骨及对侧下颌骨完全缺损并伴有颜面部软组织缺损 > 30 cm²	3. 一侧下颌骨完全缺损,伴颜面部软组织缺损 > 30cm² 4. 舌缺损 > 全舌的 2/3	2. 下颌骨缺损长 6cm 以上的区段,伴口腔颌面部软组织缺损 > 20cm² 3. 双侧颞下颌关节骨性强直,完全不能张口 4. 面颊部洞穿性缺损 > 20 cm²	2. 下颌骨缺损长 4cm 以上的区段,伴口腔颌面部软组织损 >10cm² 3. 舌缺损 > 1/3,但 <2/3	3. 一侧上颌骨缺损 1/4,伴口腔,颜面软组织缺损 >10 cm² 4. 舌缺损 > 1/3,但 <1/2 5. 双侧颧弓骨折,伴有开口困难 II°以上及颜面部畸形经手术复位者	3. 一侧下颌骨髁状突、颈部骨折 4. 双侧颧骨弓骨折,无功能障碍者 5. 单侧颧弓骨折,伴有开口困难 II°以上及颜面部畸形经手术复位者	3. 双侧鼻腔或鼻咽部闭锁 4. 双侧颌下颌关节强直,张口困难 II 度 5. 上、下颌骨骨折,经牵引、固定治疗后有功能障碍者 6. 双侧颧弓骨折,无开口困难,颜面部凹陷畸形不明显,不需手术复位	2. 上、下颌骨骨折,经牵引、固定治疗后无功能障碍者	下 2. 一侧颞下颌关节强直,张口困难 I 度 3. 鼻部有异物未取出 4. 单侧鼻腔或鼻孔闭锁 5. 鼻中隔穿孔

176

表 B.3 (续)

伤残类别	分级									
	1	2	3	4	5	6	7	8	9	10
口腔颌面损伤						6. 双侧下颌骨髁状突颈部骨折,伴有开口困难Ⅱ°以上及反咬合关系改变,经手术治疗者				
面神经损伤				双侧完全性面瘫	一侧完全面瘫,另一侧不完全面瘫	一侧完全性面瘫	双侧不完全面瘫			一侧不完全面瘫

表 B.4　普外、胸外、泌尿生殖科门

伤残类别	分级									
	1	2	3	4	5	6	7	8	9	10
胸壁、气管、支气管、肺	1. 肺功能重度损伤和呼吸困难Ⅳ级，需终生机械通气依赖 2. 双肺或心肺联合移植术	一侧全肺切除并胸廓成形术，呼吸困难Ⅲ级	1. 一侧全肺切除并胸廓成形术，肋骨切除6根以上 2. 一侧全肺切除并隆凸切除成形术 3. 一侧全肺切除并代用血管重建大血品管术	1. 一侧全肺切除术 2. 双侧肺叶切除术 3. 肺叶切除并胸廓成形术 4. 肺叶切除并隆凸切除成形术 5. 一侧肺移植术	1. 双肺叶切除术 2. 肺叶切除术并用代血管重建大血管术 3. 隆凸切除成形术	1. 肺叶切除或肺段切除或楔形切除术 2. 肺叶切除并支气管成形术 3. 支气管（或气管）胸膜瘘	1. 肺叶切除术 2. 限局性胸膜行胸廓成形术 3. 肺功能轻度损伤 4. 气管部分切除术	1. 肺段切除术 2. 支气管成形术 3. 双侧多根多处肋骨骨折致胸廓畸形 4. 膈肌破裂修补术后，伴膈神经损伤	1. 肺修补术 2. 肺内异物滞留或异物摘除术 3. 膈肌修补术 4. 限局性脓胸行胸膜剥脱术	1. 血、气胸行单纯闭式引流术后，胸膜粘连增厚 2. 开胸探查术后
心脏与大血管		心功能不全三级	Ⅲ度房室传导阻滞	1. 瓣膜置换术 2. 心功能不全二级		1. 冠状动脉旁路移植术		1. 心脏、大血管修补术		

表 B.4 (续)

伤残类别	分级 1	2	3	4	5	6	7	8	9	10
心脏与大血管						2. 血管代用品重建大血管		2. 心脏异物游离或异物留或摘除物术		
食管		食管闭锁或损伤后无法行食管重建术,依赖胃造瘘或空肠造瘘进食		食管重建术吻合口狭窄,仅能进流食者	1. 食管重建术后仅能进半流食者 2. 食管气管(或支气管)瘘 3. 食管胸膜瘘		1. 食管重建术后伴返流性食管炎 2. 食管或外伤后成形术后咽下运动不正常	食管重建术后,进食正常者	食管修补术后	
胃				全胃切除	胃切除3/4	胃切除2/3	胃切除1/2	胃部分切除	胃修补术后	
十二指肠				胰头、十二指肠切除	十二指肠憩室化			十二指肠带蒂肠片补术	十二指肠修补术	

表 B.4 (续)

伤残类别	分级									
	1	2	3	4	5	6	7	8	9	10
小肠	切除 ≥ 90%	切除 3/4，合并短肠综合症		1. 切除 3/4 2. 切除 2/3，包括回盲部切除	小肠切除 2/3，包括回盲部	小肠切除 1/2，包括回盲部	小肠切除 1/2	小肠部分切除	小肠修补术后	
结肠、直肠				1. 全结肠、直肠、肛门切除、回肠造瘘后 2. 外伤后肛门排便重度或失禁	直肠、肛门切除、结肠部分切除、结肠造瘘	肛门外伤后排便轻度障碍或失禁	结肠大部分切除	结肠部分切除	结肠修补术后	
肝	肝切除后原位肝移植	1. 肝切除 3/4，并肝功能重度损害 2. 肝外伤后发生门脉高压三联症或发生 Budd - Chiari 综合征	肝切除 2/3，并肝功能中度损害	1. 肝切除 2/3 2. 肝切除 1/2，肝功能轻度损害	肝切除 1/2	肝切除 1/3	肝切除 1/4	肝部分切除	肝修补术后	肝外伤保守治疗后

表 B.4（续）

伤残类别	分级									
	1	2	3	4	5	6	7	8	9	10
胆道	胆道损伤原位肝移植	胆道损伤致肝功能重度损害		胆道损伤致肝功能中度损害		胆道损伤致肝功能轻度损害	胆道损伤,胆肠吻合术后	胆道修补术	胆囊切除	
腹壁					腹壁缺损2/3	腹壁缺损>腹壁1/4		腹壁缺损<腹壁的1/4	开腹探查术后	
胰、脾	全胰切除	胰次全切除,胰腺移植术后	胰次全切除,胰岛素依赖		胰切除2/3	1. 胰切除1/2 2. 青年脾切除	1. 胰切除1/3 2. 成人脾切除	1. 胰部分切除 2. 脾部分切除	1. 脾修补术后 2. 胰修补术后	1. 胰损伤保守治疗后 2. 脾损伤保守治疗后
甲状腺					甲状腺功能重度损害	甲状腺功能中度损害		甲状腺功能轻度损害		
甲状旁腺				甲状旁腺功能重度损害		甲状旁腺功能中度损害		甲状旁腺功能轻度损害		

180

表 B.4（续）

伤残类别	1	2	3	4	5	6	7	8	9	10
肾脏	双肾切除或孤肾切除后,用维持透析或肾移植种植肾后肾功能不全尿毒症期	孤肾部分切除后,肾功能不全失代偿期	一侧肾切除,对侧肾功能不全失代偿期	肾修补术后,肾功能不全失代偿期	一侧肾切除,对侧肾功能不全代偿期	肾损伤性高血压	一侧肾切除		肾修补术后	肾损伤保守治疗后
输尿管			1. 双侧输尿管狭窄,肾功能不全失代偿期 2. 永久性输尿管腹壁造瘘	输尿管修补术后,肾功能不全失代偿期	一侧输尿管狭窄,肾功能不全代偿期			输尿管修补术		

表 B.4（续）

伤残类别	分级									
	1	2	3	4	5	6	7	8	9	10
膀胱			膀胱全切除	1. 永久性膀胱造瘘 2. 重度排尿障碍 3. 神经原性膀胱，残余尿 ≥ 50mL		膀胱部分切除合并轻度排尿障碍	1. 轻度排尿障碍 2. 膀胱部分切除		膀胱修补术后	膀胱外伤保守治疗后
尿道				尿道狭窄，需定期行扩张术	尿道瘘不能修复者			尿道修补		
睾丸					1. 两侧睾丸副睾丸缺损 2. 生殖功能重度损伤	1. 两侧睾丸创伤后萎缩，血睾酮低于正常值 2. 生殖功能轻度损伤		一侧睾丸，副睾丸切除		

表 B.4 (续)

伤残类别	分级									
	1	2	3	4	5	6	7	8	9	10
输精管					双侧输精管缺损,不能修复			一侧输精管缺损不能修复		
阴茎					阴茎全缺损	阴茎部分缺损		性功能障碍		
肾上腺				双侧肾上腺缺损				一侧肾上腺缺损		
子宫					未育妇女子宫切除或部分切除		已育妇女子宫切除或部分切除		子宫修补术后	
卵巢				未育妇女双侧卵巢切除	已育妇女双侧卵巢切除		未育妇女单侧卵巢切除	已育妇女单侧卵巢切除	一侧卵巢部分切除	卵巢修补术后

表 B.4（续）

伤残类别	分级									
	1	2	3	4	5	6	7	8	9	10
输卵管					未育妇女双侧输卵管切除		已育妇女双侧输卵管切除	已育妇女单侧输卵管切除		输卵管修补术后
阴道					1. 阴道闭锁 2. 会阴部瘢痕挛缩伴有阴道或尿道或肛门狭窄		阴道狭窄		阴道修补成形术后	
乳腺					未育妇女双侧乳腺切除	1. 已育妇女双侧乳腺切除 2. 女性乳房完全缺损或严重瘢痕畸形	未育妇女单侧乳腺切除	已育妇女单侧乳腺切除	乳腺成形术后	乳腺修补术后

表 B.5 职业病内科门

伤残类别	分级									
	1	2	3	4	5	6	7	8	9	10
肺部疾患	1. 尘肺Ⅲ期伴肺功能重度和/或重度损伤及严重低氧血症 [$p_{O_2} < 5.3\text{kPa}$ (<40mmHg)] 2. 其他职业性肺部疾患，伴肺功能重度损伤及严重低氧血症 [$p_{O_2} < 5.3\text{kPa}$ (<40mmHg)] 3. 放射性肺炎后，两叶以上肺纤维化伴重度低氧血症 [$p_{O_2} < 5.3\text{kPa}$ (<40mmHg)] 4. 职业性肺癌伴肺功能重度损伤	1. 肺功能重度或中度损伤及重度低氧血症 2. 尘肺Ⅱ期伴肺功能中度损伤及（或）中度低氧血症 3. 尘肺Ⅲ期伴肺功能中度损伤及/或中度低氧血症 [$p_{O_2} < 5.3\text{kpa}$ (<40mmHg)] 4. 尘肺Ⅱ期合并活动性肺结核 5. 职业性肺癌或胸膜间皮瘤	1. 尘肺Ⅱ期 2. 尘肺Ⅱ期伴肺功能中度损伤及/或中度低氧血症 3. 放射性肺炎后两叶中肺纤维化伴肺功能中度损伤及/或中度低氧血症 4. 尘肺Ⅱ期并活动性肺结核	1. 尘肺Ⅱ期 2. 尘肺Ⅰ期伴肺功能中度损伤及/或中度低氧血症 3. 尘肺Ⅰ期并活动性肺结核	1. 肺功能中度损伤 2. 中度低氧血症	1. 尘肺Ⅰ期伴肺功能轻度损伤及/或轻度低氧血症 2. 放射性肺炎后肺纤维化（<两叶），伴肺功能轻度损伤及/或轻度低氧血症 3. 其他职业性肺部疾患，伴肺功能轻度损伤	1. 尘肺Ⅰ期，肺功能正常 2. 放射性肺炎后肺纤维化（<两叶），肺功能正常 3. 轻度低氧血症	1. 其他职业性疾患，肺功能正常		

表 B.5 （续）

伤残类别	1	2	3	4	5	6	7	8	9	10
				分　级						
心脏		心功能不全三级	Ⅲ度房室阻滞	1. 病态窦房结综合征(需要装起搏器者) 2. 心功能不全二级	1. 莫氏Ⅱ型Ⅱ度房室阻滞 2. 病态窦房结综合征(不需安装起搏器者)		心功能不全一级			
血液		1. 职业性急性白血病 2. 急性重型再生障碍性贫血	1. 粒细胞缺乏症 2. 再生障碍性贫血 3. 职业性慢性白血病 4. 中毒性血液病,骨髓增生异常综合征		1. 中毒性血液病,血小板减少并有出血倾向(≤4×10^{10}/L)	白血病完全缓解	1. 再生障碍性贫血完全缓解 2. 白细胞减少症,含量持续<4×10^{9}/L 3. 中性粒细胞减少症,含量持续<2×10^{9}/L			

表 B.5（续）

伤残类别	分级									
	1	2	3	4	5	6	7	8	9	10
血液			5. 中毒性血液病,严重出血或血小板含量≤2×10^10/L		2. 中毒性血液病,白细胞含量持续<3×10^9/L(3000/mm³)或粒细胞含量<1.5×10^9/L(1500/mm³)					
肝脏	1. 职业性肝血管肉瘤,重度肝功能损害 2. 肝硬化伴食道静脉破裂出血,肝功能重度损害	1. 慢性重度中毒性肝病 2. 肝血管肉瘤			慢性中度中毒性肝病		慢性轻度中毒性肝病			

表 B.5（续）

伤残类别	1	2	3	4	5	6	7	8	9	10
肾脏	肾功能不全尿毒症期，内生肌酐清除率持续<10mL/min，或血浆肌酐水平持续>707μmol/L(8mg/dL)	肾功能不全尿毒症期，内生肌酐清除率>25mL/min，或血浆肌酐水平持续>450μmol/L(5mg/dL)			肾功能不全失代偿期，内生肌酐清除率<50mL/min，或血浆肌酐水平持续>177μmol/L(2mg/dL)	1. 中毒性肾病，持续性低分子性蛋白尿伴白蛋白尿 2. 中毒性肾病，肾小管浓缩功能减退	肾功能不全代偿期，内生肌酐清除率<70mL/min	中毒性肾病，持续低分子蛋白尿		
内分泌				肾上腺皮质功能明显减退		肾上腺皮质功能轻度减退				
免疫功能				明显减退						轻度减退
其他		职业性膀胱癌放射性肿瘤	砷性皮肤癌放射性皮肤癌		1. 放射性损伤致睾丸萎缩 2. 慢性重度磷中毒	1. 放射性损伤致甲状腺功能低下 2. 减压性骨坏死Ⅲ期	三度牙酸蚀病	1. 慢性中度磷中毒 2. 减压性骨坏死Ⅱ期		1. 慢性轻度磷中毒 2. 工业性氟病Ⅰ期

表 B.5（续）

伤残类别	分级									
	1	2	3	4	5	6	7	8	9	10
其他					3. 重度手臂振动病	3. 中度手臂振动病 4. 工业性氟病Ⅲ期		3. 轻度手臂振动病 4. 二度牙酸蚀病 5. 工业性氟病Ⅱ期		3. 煤矿井下工人滑囊炎 4. 减压性骨坏死Ⅰ期 5. 一度牙酸蚀病 6. 职业性皮肤病久治不愈

附 录 C

（资料性附录）

正确使用本标准的说明

C.1 关于标准"总则"与"分级原则"

C.1.1 医疗依赖的判定分为一般依赖和特殊依赖。特殊依赖是指致残后必须终生接受特殊药物、特殊医疗设备或装置进行治疗者，如血液透析、人工呼吸机以及免疫抑制剂等的治疗；一般医疗依赖是指致残后仍需接受长期或终生药物治疗者，如降压药、降糖药、抗凝剂以及抗癫痫药治疗等。

C.1.2 护理依赖程度主要根据生活自理能力做出判断。下列生活自理范围及护理依赖程度是指：

   a)   进食：是指完全不能自主进食，需依赖他人者；

   b)   翻身：是指不能自主翻身；

   c)   大、小便：是指不能自主行动，排大、小便需依靠他人者；

   d)   穿衣、洗漱：是指不能自己穿衣、洗漱，完全依赖他人者；

   e)   自主行动：是指不能自主走动。

C.1.3 劳动能力鉴定的前提应是劳动者因公负伤或患职业病，其工伤或职业病的认定依照《工伤保险条例》第十八条和第十九条的规定执行。

C.1.4　在劳动能力鉴定后伤残情况发生变化，应根据《工伤保险条例》第二十八条的规定，对残情进行复查鉴定。

C.1.5　残情晋级原则　当被鉴定者同一器官或系统或一个以上器官不同部位同时受到损伤，应首先完成单项残情的鉴定，若有两项以上或多项残情的，如果伤残等级不同，以重者定级，如果两项以上等级相同，最多晋升一级。

C.1.6　原有伤残及合并症的处理　在劳动能力鉴定过程中，遇到被鉴定者受损害器官或组织原有伤残或疾病，或工伤及职业病后发生的合并症，本标准规定以鉴定时实际的致残结局为依据，所谓实际致残结局是指：若为单个器官或系统损伤，本次鉴定时应包括在发生工伤前已经存在的残情（包括原有疾病致功能的损伤或原有工伤所致的残情）；若为双器官如双眼、四肢、肾脏的损伤，本次鉴定时应同时对另一侧的残情或功能（无论是否工伤引起）进行鉴定，并作为伤残等级评定的依据。

C.1.7　关于分级原则　本次修订在原标准规定基础上，分别对八级、九级、十级做了适当调整，即在八级中明确存在有一般医疗依赖，而在九级、十级中明确无医疗依赖或存在一般医疗依赖。

C.2　神经内科、神经外科、精神科门

C.2.1　反复发作性的意识障碍，作为伤残的症状表现，多为癫痫的一组症状或癫痫发作的一种形式，故不单独评定其致残等级。

C.2.2　精神分裂症和躁郁症均为内源性精神病，发病主要决定于病人自身的生物学素质。在工伤或职业病过程中伴发的内源性精神病不应与工伤或职业病直接所致的精神病相混淆。精神分裂症和躁郁症不属于工伤或职业病性精神病。

C.2.3　智能损伤说明

1) 智能损伤的总体严重性以记忆或智能损伤程度予以考虑，按"就重原则"其中哪项重，就以哪项表示；

2) 记忆商（MQ）的测查，按照中国科学院心理研究所1984年编印的《临床记忆量表手册》要求执行。智商（IQ）的测查，根据湖南医学院1982年龚耀先主编的《修订韦氏成人智力量表手册》的要求进行。

C.2.4 鉴于手、足部肌肉由多条神经支配，可出现完全瘫，亦可表现不完全瘫，在评定手、足瘫致残程度时，应区分完全性瘫与不完全性瘫，再根据肌力分级判定基准，对肢体瘫痪致残程度详细分级。

C.2.5 神经系统多部位损伤或合并其他器官的伤残时，其致残程度的鉴定依照本标准总则中的有关规定处理。

C.2.6 癫痫是一种以反复发作性抽搐或以感觉、行为、意识等发作性障碍为特征的临床征候群，属于慢性病之一。因为它的临床体征较少，若无明显颅脑器质性损害则难于定性。工伤和职业病所致癫痫的诊断前提应有严重颅脑外伤或中毒性脑病的病史。为了科学、合理地进行劳动能力鉴定，在进行致残程度评定时，应尽可能收集相关信息资料。每次鉴定时，应要求被鉴定者提供下列相关信息材料（至少两项），以供判定时参考。

a) 两年来系统治疗病历资料；

b) 脑电图资料；

c) 原工作单位或现工作单位组织上提供的患者平时发病情况的资料；

d) 必要时测定血药浓度。

C.2.7 各种颅脑损伤出现功能障碍参照有关功能障碍评级。

C.2.8 为便于分类分级，将运动障碍按损伤部位不同分为脑、脊髓、周围神经损伤三类。鉴定中首先分清损伤部位，再给予评级。

C.2.9 考虑到颅骨缺损多可修补后按开颅术定级，且颅骨缺损的大小与功能障碍程度无比然联系，故不再以颅骨缺损大小作为评级标准。

C.2.10 脑挫裂伤应具有相应病史、临床治疗经过，经 CT 及（或）MRI 等辅助检查证实有脑实质损害征象。

C.2.11 开颅手术包括开颅检查、去骨瓣减压术、颅骨整复、各种颅内血肿清除、慢性硬膜下血肿引流、脑室外引流、脑室–腹腔分流等。

C.2.12 脑叶切除术后合并人格改变或边缘智能应晋升到七级。

C.2.13 脑脊液漏手术修补成功无功能障碍按开颅手术定为九级；脑脊液漏伴颅底骨缺损反复修补失败或无法修补者定为四级。

C.2.14 中毒性周围神经病表现为四肢对称性感觉减退或消失，肌力减退，肌肉萎缩，四肢腱反射（特别是跟腱反射）减退或消失。神经肌电图显示神经源性损害。如仅表现以感觉障碍为主的周围神经病，有深感觉障碍的定为七级，只有浅感觉障碍的定为九级（见表 B.1），出现运动障碍者可参见神经科部分"运动障碍"定级。

外伤或职业中毒引起的周围神经损害，如出现肌萎缩者，可按肌力予以定级。

C.2.15 有关大小便障碍参见表 B.4。

C.2.16 由于外伤或职业中毒引起的前庭功能障碍，参见表 B.3。

C.2.17 外伤或职业中毒引起的同向偏盲或象限性偏盲，其视野缺损程序可参见眼科标准予以定级。

C.3 骨科、整形外科、烧伤科门

C.3.1 本标准只适用于因工负伤或职业病所致脊柱、四肢损伤的致残程度鉴定之用，其他先天畸形，或随年龄增长出现的退行性改变，如骨性关节炎等，不适用本标准。

C.3.2 有关节内骨折史的骨性关节炎或创伤后关节骨坏死，按该关节功能损害程度，列入相应评残等级处理。

C.3.3 创伤性滑膜炎，滑膜切除术后留有关节功能损害或人工关节术后残留有功能不全者，按关节功能损害程度，列入相应等级处理。

C.3.4 脊柱骨折合并有神经系统症状，骨折治疗后仍残留不同程度的脊髓和神经功能障碍者，参照表 B.1 评残等级处理。

C.3.5 外伤后（一周内）发生的椎间盘突出症，经劳动与社会保障部门认定为工伤的，按本标准相应条款进行伤残等级评定，若手术后残留有神经系统症状者，参照表 B.1 进行处理。

C.3.6 职业性损害如氟中毒或减压病等所致骨与关节损害，按损害部位功能障碍情况列入相应评残等级处理。

C.3.7 神经根性疼痛的诊断除临床症状外，需有神经电生理改变。

C.3.8 烧伤面积、深度不作为评残标准，需等治疗停工留薪期满后，依据造成的功能障碍程度、颜面瘢痕畸形程度和瘢痕面积（包括供皮区明显瘢痕）大小进行评级。

C.3.9 诊断椎管狭窄症，除临床症状外，需有 CT 或 MRI 检查证据。

C.3.10 在实际应用中，如果仍有某些损伤类型未在本标准中提及者，可按其对劳动、生活能力影响程度列入相应等级，如果划入某一分类项中有疑问时，可列入高一级分类中。

C.3.11 面部异物色素沉着是指由于工伤如爆炸伤所致颜面部各种异物（包括石子、铁粒等）的存留，或经取异物后仍有不同程度的色素沉着。但临床上很难对面部异物色素沉着量及面积作出准确的划分，同时也因性别、年龄等因素造成的心理影响更难一概而论，而考虑到实际工作中可能遇见多种复杂情况，故本标准将面部异物色素沉着分为轻度及重度两个级别，分别以超过颜面总面积的1/4及1/2作为判定轻、重的基准（参见6.2.2）。

C.3.12 以外伤为主导诱因引发的急性腰椎间盘突出症，应按下列要求确定诊断：

a) 急性外伤史并发坐骨神经刺激征；

b) 有 CT 或 MRI 影像学依据；

c) 临床体征应与 CT 或 MRI 影像符合。

C.3.13 膝关节损伤的诊断应从以下几方面考虑：明确的外伤史；相应的体征；结合影像学资料。如果还不能确诊者，可行关节镜检查确定。

C.4 眼科、耳鼻喉科、口腔科门

C.4.1 非工伤和职业性五官科疾病如夜盲、立体盲、耳硬化症等不适用本标准。

C.4.2 职工工伤与职业病所致视觉损伤不仅仅是眼的损伤或破坏，重要的是涉及视功能的障碍以及有关的解剖结构和功能的损伤如眼睑等。因此，视觉损伤的鉴定包括：

a) 眼睑、眼球及眼眶等的解剖结构和功能损伤或破坏程度的鉴定；

b) 视功能（视敏锐度、视野和立体视觉等）障碍程度的鉴定。

C.4.3 眼伤残鉴定标准主要的鉴定依据为眼球或视神经器质性损伤所致的视力、视野、立体视功能障碍及其他解剖结构和功能的损伤或破坏。其中视力残疾主要参照了盲及低视力分级标准和视力减弱补偿率视力损伤百分计算办法（A.9）。"一级"划线的最低限为双眼无光感或仅有光感但光定位不准；"二级"等于"盲"标准（见6.3.1.2）的一级盲；"三级"等于或相当于二级盲；"四级"相当于一级低视力；"五级"相当于二级低视力，"六～十级"则分别相当于视力障碍的0.2～0.8。

C.4.4 周边视野损伤程度鉴定以实际测得的8条子午线视野值的总和，计算平均值即有效视野值。计算方法参见6.3.2。当视野检查结果与眼部客观检查不符时，可用 Humphrey 视野或 Octopus 视野检查。

C.4.5 中心视野缺损目前尚无客观的计量办法，评残时可根据视力受损程度确定其相应级别。

C.4.6 无晶状体眼视觉损伤程度评价参见 A.9。在确定无晶状体眼中心视力的实际有效值之后，分别套入本标准的实际级别。

C.4.7 眼非工伤致残的鉴定可参照总则判断依据对双眼进行鉴定。但非工伤残疾眼工伤临床鉴定可能有多种复杂情况，比如：

a) 在双残疾眼的基础上发生的一眼或两眼的工伤及单残疾眼的工伤；

b) 单残疾眼工伤又分别可有以下三种情况，即：

1) 残疾眼工伤；

2) 正常眼工伤；

3) 正常眼及残疾眼同时因工损伤。

鉴于以上情况，在对非工伤残疾眼眼工伤致残程度最终评定等级时，应兼顾国家、集体和个人三方面的合法利益。

C.4.8 中央视力及视野（周边视力）的改变，均须有相应的眼组织器质性改变来解释，如不能解释则要根据视觉诱发电位及多焦视网膜电流图检查结果定级。

C.4.9 伪盲鉴定参见 6.3.3。视觉诱发电位等的检查可作为临床鉴定伪盲的主要手段。如一眼有或无光感，另眼眼组织无器质性病变，并经视觉诱发电位及多焦视网膜电流图检查结果正常者，应考虑另眼为伪盲眼。也可采用其他行之有效的办法包括社会调查、家庭采访等。

C.4.10 睑球粘连严重、同时有角膜损伤者按中央视力定级。

C.4.11 职业性眼病（包括白内障、电光性眼炎、二硫化碳中毒、化学性眼灼伤）的诊断可分别参见 GBZ 35、GBZ 9、GBZ 4、GBZ 45、GBZ 54。

C.4.12 职业性及外伤性白内障视力障碍程度较本标准所规定之级别重者（即视力低于标准 9 级和 10 级之 0.5～0.8），则按视力减退情况分别套入不同级别。白内障术后评残办法参见 A.9。如果术前已经评残者，术后应根据矫正视力情况，并参照 A.9 无晶状体眼视觉损伤程度评价重新评级。

外伤性白内障未做手术者根据中央视力定级；白内障摘除人工晶状体植入术后谓人工晶状体眼，人工晶状体眼根据中央视力定级。白内障摘除未能植入人工晶状体者，谓无晶状体眼，根据其矫正视力并参见 C.4.6 的要求定级。

C.4.13 泪器损伤指泪道（包括泪小点、泪小管、泪囊、鼻泪管等）及泪腺的损伤。

C.4.14 有明确的外眼或内眼组织结构的破坏，而视功能检查好于本标准第十级（即双眼视力≤0.8）者，可视为十级。

C.4.15 本标准没有对光觉障（暗适应）作出规定，如果临床上确有因工或职业病所致明显暗适应功能减退者，应根据实际情况，作出适当的判定。

C. 4. 16 一眼受伤后健眼发生交感性眼炎者无论伤后何时都可以申请定级。

C. 4. 17 本标准中的双眼无光感、双眼矫正视力或双眼视野，其"双眼"为临床习惯称谓，实际工作（包括评残）中是以各眼检查或矫正结果为准。

C. 4. 18 听功能障碍包括长期暴露于生产噪声所致的职业性噪声聋，压力波、冲击波造成的爆破性聋等，颅脑外伤所致的颞骨骨折、内耳震荡、耳蜗神经挫伤等产生的耳聋及中、外耳伤后遗的鼓膜穿孔、鼓室瘢痕粘连，外耳道闭锁等产生的听觉损害。

C. 4. 19 听阈测定的设备和方法必须符合国家标准：GB/T 7341、GB 4854、GB/T 7583。

C. 4. 20 纯音电测听重度、极重度听功能障碍时，应同时加测听觉脑干诱发电位（A. B. R）。

C. 4. 21 耳廓、外鼻完全或部分缺损，可参照整形科"头面部毁容"。

C. 4. 22 耳科平衡功能障碍指前庭功能丧失而平衡功能代偿不全者。因肌肉、关节或其他神经损害引起的平衡障碍，按有关学科残情定级。

C. 4. 23 如职工因与工伤或职业有关的因素诱发功能性视力障碍和耳聋，应用相应的特殊检查法明确诊断，在其器质性视力和听力减退确定以前暂不评残。伪聋，也应先予排除，然后评残。

C. 4. 24 喉原性呼吸困难系指声门下区以上呼吸道的阻塞性疾患引起者。由胸外科、内科病所致的呼吸困难参见6.5.1。

C. 4. 25 发声及言语困难系指喉外伤后致结构改变，虽呼吸通道无障碍，但有明显发声困难及言语表达障碍；轻者则为发声及言语不畅。

发声障碍系指声带麻痹或声带的缺损、小结等器质性损害致不能胜任原来的嗓音职业工作者。

C.4.26 职业性铬鼻病、工业性氟病、减压病、尘肺病、职业性肿瘤、慢性砷中毒、磷中毒、手臂振动病、牙酸蚀病以及煤矿井下工人滑囊炎等的诊断分别参见 GBZ 12、GBZ 5、GBZ 24、GBZ 70、GBZ 94、GBZ 83、GBZ 81、GBZ 7、GBZ 61、GBZ 82。

C.4.27 颞下颌关节强直,临床上分二类:一为关节内强直,一为关节外强直(颌间挛缩),本标准中颞下颌关节强直即包括此二类。

C.4.28 本标准将舌划分为三等份即按舌尖、舌体和舌根计算损伤程度。

C.4.29 头面部毁容参见 6.2.1。

C.5 普外科、胸外科、泌尿生殖科门

C.5.1 器官缺损伴功能障碍者,在评残时一般应比器官完整伴功能障碍者级别高。

C.5.2 多器官损害的评级标准依照本标准总则中制定的有关规定处理。

C.5.3 任何并发症的诊断都要有影像学和实验室检查的依据,主诉和体征供参考。

C.5.4 评定任何一个器官的致残标准,都要有原始病历记录,其中包括病历记录、手术记录、病理报告等。

C.5.5 甲状腺损伤若伴有喉上神经和喉返神经损伤致声音嘶哑、呼吸困难或呛咳者,判定级别标准参照耳鼻喉科部分。

C.5.6 阴茎缺损指阴茎全切除或部分切除并功能障碍者。

C.5.7 心脏及大血管的各种损伤其致残程度的分级,均按治疗

期满后的功能不全程度分级。

C.5.8 胸部（胸壁、气管、支气管、肺）各器官损伤的致残分级除按表 B.4 中列入各项外，其他可按治疗期结束后的肺功能损害和呼吸困难程度分级。

C.5.9 生殖功能损害主要指放射性损伤所致。

C.5.10 性功能障碍系指脊髓神经周围神经损伤，或盆腔、会阴手术后所致。

C.5.11 肝、脾、胰挫裂伤，有明显外伤史并有影像学诊断依据者，保守治疗后可定为十级。

C.5.12 普外科开腹探查术后或任何开腹手术后发生粘连性肠梗阻、且反复发作，有明确影像学诊断依据，应在原级别基础上上升一级。

C.6 职业病内科门

C.6.1 本标准适用于确诊患有中华人民共和国卫生部颁布的职业病名单中的各种职业病所致肺脏、心脏、肝脏、血液或肾脏损害经治疗停工留薪期满时需评定致残程度者。

C.6.2 心律失常（包括传导阻滞）与心功能不全往往有联系，但两者的严重程度可不平衡，但心律失常者，不一定有心功能不全或劳动能力减退，评残时应按实际情况定级。

C.6.3 本标准所列各类血液病、内分泌及免疫功能低下及慢性中毒性肝病等，病情常有变化，对已进行过评残，经继续治疗后残情发生变化者应按国家社会保险法规的要求，对残情重新进行评级。

C.6.4 肝功能的测定

肝功能的测定包括：

常规肝功能试验：包括血清丙氨酸氨基转换酶（ALT 即 GPT）、

血清胆汁酸等。

复筛肝功能试验：包括血清蛋白电泳，总蛋白及白蛋白、球蛋白、血清天门冬氨酸氨基转移酶（AST 即 GOT）、血清谷氨酰转肽酶（γ – GT），转铁蛋白或单胺氧化酶测定等，可根据临床具体情况选用。

静脉色氨酸耐量试验（ITTT），吲哚氰绿滞留试验（IGG）是敏感性和特异性都较好的肝功能试验，有备件可作为复筛指标。

C.6.5 职业性肺部疾患主要包括尘肺、铍病、职业性哮喘等，在评定残情分级时，除尘肺在分级表中明确注明外，其他肺部疾病可分别参照相应的国家诊断标准，以呼吸功能损害程度定级。

C.6.6 对职业病患者进行肺部损害鉴定的要求：

a) 须持有职业病诊断证明书；

b) 须有近期胸部 X 线平片；

c) 须有肺功能测定结果及（或）血气测定结果。

C.6.7 肺功能测定时注意的事项：

a) 肺功能仪应在校对后使用；

b) 对测定对象，测定肺功能前应进行训练；

c) *FVC*、*FEV*$_1$ 至少测定二次，二次结果相差不得超过 5%；

d) 肺功能的正常预计值公式宜采用各实验室的公式作为预计正常值。

C.6.8 鉴于职业性哮喘在发作或缓解期所测得的肺功能不能正确评价哮喘病人的致残程度，可以其发作频度和影响工作的程度进行评价。

C.6.9 在判定呼吸困难有困难时或呼吸困难分级与肺功能测定结果有矛盾时，应以肺功能测定结果作为致残分级标准的依据。

C.6.10 石棉肺是尘肺的一种，本标准未单独列出，在评定致残分级时，可根据石棉肺的诊断，主要结合肺功能损伤情况进行评定。

C. 6. 11 鉴于职业性呼吸系统疾病一般不存在医疗终结问题，所以在执行此标准时，应每1~2年鉴定一次，故鉴定结果的有效期为1~2年。

C. 6. 12 放射性疾病包括外照射急性放射病，外照射慢性放射病，放射性皮肤病、放射性白内障、内照射放射病、放射性甲状腺疾病、放射性性腺疾病、放射性膀胱疾病、急性放射性肺炎及放射性肿瘤，临床诊断及处理可参照 GBZ 104、GBZ 105、GBZ 106、GBZ 95、GBZ 96、GBZ 101、GBZ 107、GBZ 109、GBZ 110、GBZ 94。放射性白内障可参照眼科评残处理办法，其他有关放射性损伤评残可参照相应条目进行处理。

C. 6. 13 本标准中有关慢性肾上腺皮质功能减低、免疫功能减低及血小板减少症均指由于放射性损伤所致不适用于其他非放射性损伤的评残。

职工非因工伤残或
因病丧失劳动能力程度
鉴定标准（试行）

（2002 年 4 月 5 日　劳社部发〔2002〕8 号）

职工非因工伤残或因病丧失劳动能力程度鉴定标准，是劳动者由于非因工伤残或因病后，于国家社会保障法规所规定的医疗期满或医疗终结时通过医学检查对伤残失能程度做出判定结论的准则和依据。

1　范　　围

本标准规定了职工非因工伤残或因病丧失劳动能力程度的鉴定原则和分级标准。

本标准适用于职工非因工伤残或因病需进行劳动能力鉴定时，对其身体器官缺损或功能损失程度的鉴定。

2　总　　则

2.1　本标准分完全丧失劳动能力和大部分丧失劳动能力两个程度档

次。

2.2　本标准中的完全丧失劳动能力，是指因损伤或疾病造成人体组织器官缺失、严重缺损、畸形或严重损害，致使伤病的组织器官或生理功能完全丧失或存在严重功能障碍。

2.3　本标准中的大部分丧失劳动能力，是指因损伤或疾病造成人体组织器官大部分缺失、明显畸形或损害，致使受损组织器官功能中等度以上障碍。

2.4　如果伤病职工同时符合不同类别疾病三项以上（含三项）"大部分丧失劳动能力"条件时，可确定为"完全丧失劳动能力"。

2.5　本标准将《职工工伤与职业病致残程度鉴定》（GB/T16180—1996）中的1至4级和5至6级伤残程度分别列为本标准的完全丧失劳动能力和大部分丧失劳动能力的范围。

3　判定原则

3.1　本标准中劳动能力丧失程度主要以身体器官缺损或功能障碍程度作为判定依据。

3.2　本标准中对功能障碍的判定，以医疗期满或医疗终结时所作的医学检查结果为依据。

4　判定依据

4.1　完全丧失劳动能力的条件

4.1.1　各种中枢神经系统疾病或周围神经肌肉疾病等，经治疗后遗有下列情况之一者：

   （1）单肢瘫，肌力 2 级以下（含 2 级）。

   （2）两肢或三肢瘫，肌力 3 级以下（含 3 级）。

   （3）双手或双足全肌瘫，肌力 2 级以下（含 2 级）。

   （4）完全性（感觉性或混合性）失语。

   （5）非肢体瘫的中度运动障碍。

4.1.2 长期重度呼吸困难。

4.1.3 心功能长期在Ⅲ级以上。左室疾患左室射血分数≤50%。

4.1.4 恶性室性心动过速经治疗无效。

4.1.5 各种难以治愈的严重贫血，经治疗后血红蛋白长期低于 6 克/分升以下（含 6 克/分升）者。

4.1.6 全胃切除或全结肠切除或小肠切除 3/4。

4.1.7 慢性重度肝功能损害。

4.1.8 不可逆转的慢性肾功能衰竭期。

4.1.9 各种代谢性或内分泌疾病、结缔组织病或自身免疫性疾病所导致心、脑、肾、肺、肝等一个以上主要脏器严重合并症，功能不全失代偿期。

4.1.10 各种恶性肿瘤（含血液肿瘤）经综合治疗、放疗、化疗无效或术后复发。

4.1.11 一眼有光感或无光感，另眼矫正视力 <0.2 或视野半径≤20度。

4.1.12 双眼矫正视力 <0.1 或视野半径≤20 度。

4.1.13 慢性器质性精神障碍，经系统治疗 2 年仍有下述症状之一，并严重影响职业功能者：痴呆（中度智能减退）；持续或经常出现的妄想和幻觉，持续或经常出现的情绪不稳定以及不能自控的冲动攻击行为。

4.1.14　精神分裂症，经系统治疗5年仍不能恢复正常者；偏执性精神障碍，妄想牢固，持续5年仍不能缓解，严重影响职业功能者。

4.1.15　难治性的情感障碍，经系统治疗5年仍不能恢复正常，男性年龄50岁以上（含50岁），女性45岁以上（含45岁），严重影响职业功能者。

4.1.16　具有明显强迫型人格发病基础的难治性强迫障碍，经系统治疗5年无效，严重影响职业功能者。

4.1.17　符合《职工工伤与职业病致残程度鉴定》标准1至4级者。

4.2　大部分丧失劳动能力的条件

4.2.1　各种中枢神经系统疾病或周围神经肌肉疾病等，经治疗后遗有下列情况之一者：

（1）单肢瘫，肌力3级。

（2）两肢或三肢瘫，肌力4级。

（3）单手或单足全肌瘫，肌力2级。

（4）双手或双足全肌瘫，肌力3级。

4.2.2　长期中度呼吸困难。

4.2.3　心功能长期在Ⅱ级。

4.2.4　中度肝功能损害。

4.2.5　各种疾病造瘘者。

4.2.6　慢性肾功能不全失代偿期。

4.2.7　一眼矫正视力≤0.05，另眼矫正视力≤0.3。

4.2.8　双眼矫正视力≤0.2或视野半径≤30度。

4.2.9　双耳听力损失≥91分贝。

4.2.10　符合《职工工伤与职业病致残程度鉴定》标准5至6级者。

5 判定基准

5.1 运动障碍判定基准

5.1.1 肢体瘫以肌力作为分级标准，划分为0至5级：

0级：肌肉完全瘫痪，无收缩。

1级：可看到或触及肌肉轻微收缩，但不能产生动作。

2级：肌肉在不受重力影响下，可进行运动，即肢体能在床面上移动，但不能抬高。

3级：在和地心引力相反的方向中尚能完成其动作，但不能对抗外加的阻力。

4级：能对抗一定的阻力，但较正常人为低。

5级：正常肌力。

5.1.2 非肢体瘫的运动障碍包括肌张力增高、共济失调、不自主运动、震颤或吞咽肌肉麻痹等。根据其对生活自理的影响程度划分为轻、中、重三度：

（1）重度运动障碍不能自行进食、大小便、洗漱、翻身和穿衣。

（2）中度运动障碍上述动作困难，但在他人帮助下可以完成。

（3）轻度运动障碍完成上述运动虽有一些困难，但基本可以自理。

5.2 呼吸困难及肺功能减退判定基准

5.2.1 呼吸困难分级

表1 呼吸困难分级

	轻度	中度	重度	严重度
临床表现	平路快步或登山、上楼时气短明显	平路步行100米即气短。	稍活动（穿衣，谈话）即气短。	静息时气短
阻塞性通气功能减退：一秒钟用力呼气量占预计值百分比	≥80%	50—79%	30—49%	<30%
限制性通气功能减退：肺活量	≥70%	60—69%	50—59%	<50%
血氧分压			60—87毫米汞柱	<60毫米汞柱

*血气分析氧分压60—87毫米汞柱时，需参考其他肺功能结果。

5.3 心功能判定基准

心功能分级

Ⅰ级：体力活动不受限制。

Ⅱ级：静息时无不适，但稍重于日常生活活动量即致乏力、心悸、气促或心绞痛。

Ⅲ级：体力活动明显受限，静息时无不适，但低于日常活动量即致乏力、心悸、气促或心绞痛。

Ⅳ级：任何体力活动均引起症状，休息时亦可有心力衰竭或心绞痛。

5.4 肝功能损害程度判定基准

表2 肝功能损害的分级

	轻度	中度	重度
血浆白蛋白	3.1–3.5 克/分升	2.5–3.0 克/分升	<2.5 克/分升
血清胆红质	1.5–5 毫克/分升	5.1–10 毫克/分升	>10 毫克/分升
腹水	无	无或少量，治疗后消失	顽固性
脑症	无	轻度	明显
凝血酶原时间	稍延长（较对照组>3秒）	延长（较对照组>6秒）	明显延长（较对照组>9秒）

5.5 慢性肾功能损害程度判定基准

表3 肾功能损害程度分期

	肌酐清除率	血尿素氮	血肌酐	其他临床症状
肾功能不全代偿期	50–80 毫升/分	正常	正常	无症状
肾功能不全失代偿期	20–50 毫升/分	20–50 毫克/分升	2–5 毫克/分升	乏力；轻度贫血；食欲减退
肾功能衰竭期	10–20 毫升/分	50–80 毫克/分升	5–8 毫克/分升	贫血；代谢性酸中毒；水电解质紊乱
尿毒症期	<10 毫升/分	>80 毫克/分升	>8 毫克/分升	严重酸中毒和全身各系统症状

注：血尿素氮水平受多种因素影响，一般不单独作为衡量肾功能损害轻重的指标。

附件：

正确使用标准的说明

1. 本标准条目只列出达到完全丧失劳动能力的起点条件，比此条件严重的伤残或疾病均属于完全丧失劳动能力。

2. 标准中有关条目所指的"长期"是经系统治疗12个月以上（含12个月）。

3. 标准中所指的"系统治疗"是指经住院治疗，或每月二次以上（含二次）到医院进行门诊治疗并坚持服药一个疗程以上，以及恶性肿瘤在门诊进行放射或化学治疗。

4. 对未列出的其他伤病残丧失劳动能力程度的条目，可参照国家标准《职工工伤与职业病致残程度鉴定》（GB/T16180—1996）相应条目执行。

因工死亡职工供养亲属范围规定

（2003 年 9 月 23 日劳动和社会保障部令
第 18 号公布　自 2004 年 1 月 1 日起施行）

第一条　为明确因工死亡职工供养亲属范围，根据《工伤保险
条例》第三十七条第一款第二项的授权，制定本规定。

第二条　本规定所称因工死亡职工供养亲属，是指该职工的配偶、
子女、父母、祖父母、外祖父母、孙子女、外孙子女、兄弟姐妹。

本规定所称子女，包括婚生子女、非婚生子女、养子女和有抚
养关系的继子女，其中，婚生子女、非婚生子女包括遗腹子女；

本规定所称父母，包括生父母、养父母和有抚养关系的继父母；

本规定所称兄弟姐妹，包括同父母的兄弟姐妹、同父异母或者
同母异父的兄弟姐妹、养兄弟姐妹、有抚养关系的继兄弟姐妹。

第三条　上条规定的人员，依靠因工死亡职工生前提供主要生
活来源，并有下列情形之一的，可按规定申请供养亲属抚恤金：

（一）完全丧失劳动能力的；

（二）工亡职工配偶男年满 60 周岁、女年满 55 周岁的；

（三）工亡职工父母男年满 60 周岁、女年满 55 周岁的；

（四）工亡职工子女未满18周岁的；

（五）工亡职工父母均已死亡，其祖父、外祖父年满60周岁，祖母、外祖母年满55周岁的；

（六）工亡职工子女已经死亡或完全丧失劳动能力，其孙子女、外孙子女未满18周岁的；

（七）工亡职工父母均已死亡或完全丧失劳动能力，其兄弟姐妹未满18周岁的。

第四条 领取抚恤金人员有下列情形之一的，停止享受抚恤金待遇：

（一）年满18周岁且未完全丧失劳动能力的；

（二）就业或参军的；

（三）工亡职工配偶再婚的；

（四）被他人或组织收养的；

（五）死亡的。

第五条 领取抚恤金的人员，在被判刑收监执行期间，停止享受抚恤金待遇。刑满释放仍符合领取抚恤金资格的，按规定的标准享受抚恤金。

第六条 因工死亡职工供养亲属享受抚恤金待遇的资格，由统筹地区社会保险经办机构核定。

因工死亡职工供养亲属的劳动能力鉴定，由因工死亡职工生前单位所在地设区的市级劳动能力鉴定委员会负责。

第七条 本办法自2004年1月1日起施行。

非法用工单位伤亡
人员一次性赔偿办法

（2003 年 9 月 23 日劳动和社会保障部令第 19 号公布　自 2004 年 1 月 1 日起施行）

第一条　根据《工伤保险条例》第六十三条第一款的授权，制定本办法。

第二条　本办法所称非法用工单位伤亡人员，是指在无营业执照或者未经依法登记、备案的单位以及被依法吊销营业执照或者撤销登记、备案的单位受到事故伤害或者患职业病的职工，或者用人单位使用童工造成的伤残、死亡童工。

前款所列单位必须按照本办法的规定向伤残职工或死亡职工的直系亲属、伤残童工或者死亡童工的直系亲属给予一次性赔偿。

第三条　一次性赔偿包括受到事故伤害或患职业病的职工或童工在治疗期间的费用和一次性赔偿金，一次性赔偿金数额应当在受到事故伤害或患职业病的职工或童工死亡或者经劳动能力鉴定后确定。

劳动能力鉴定按属地原则由单位所在地设区的市级劳动能力鉴定委员会办理。劳动能力鉴定费用由伤亡职工或者童工所在单位支付。

第四条 职工或童工受到事故伤害或患职业病，在劳动能力鉴定之前进行治疗期间的生活费、医疗费、护理费、住院期间的伙食补助费及所需的交通费等费用，按照《工伤保险条例》规定的标准和范围，全部由伤残职工或童工所在单位支付。

第五条 一次性赔偿金按以下标准支付：

一级伤残的为赔偿基数的 16 倍，二级伤残的为赔偿基数的 14 倍，三级伤残的为赔偿基数的 12 倍，四级伤残的为赔偿基数的 10 倍，五级伤残的为赔偿基数的 8 倍，六级伤残的为赔偿基数的 6 倍，七级伤残的为赔偿基数的 4 倍，八级伤残的为赔偿基数的 3 倍，九级伤残的为赔偿基数的 2 倍，十级伤残的为赔偿基数的 1 倍。

第六条 受到事故伤害或患职业病造成死亡的，按赔偿基数的 10 倍支付一次性赔偿金。

第七条 本办法所称赔偿基数，是指单位所在地工伤保险统筹地区上年度职工年平均工资。

第八条 单位拒不支付一次性赔偿的，伤残职工或死亡职工的直系亲属、伤残童工或者死亡童工的直系亲属可以向劳动保障行政部门举报。经查证属实的，劳动保障行政部门应责令该单位限期改正。

第九条 伤残职工或死亡职工的直系亲属、伤残童工或者死亡童工的直系亲属就赔偿数额与单位发生争议的，按照劳动争议处理的有关规定处理。

第十条 本办法自 2004 年 1 月 1 日起施行。

图书在版编目（CIP）数据

"工"事"工"办：教你怎样做劳动能力鉴定/
《"工"事"工"办：教你怎样做劳动能力鉴定》编写
组编. —北京：中国法制出版社，2009.1

ISBN 978 - 7 - 5093 - 0969 - 8

Ⅰ. 工⋯　Ⅱ. 工⋯　Ⅲ. 劳动能力 - 鉴定 - 基本知识
Ⅳ. R449

中国版本图书馆 CIP 数据核字（2009）第 010325 号

"工"事"工"办：教你怎样做劳动能力鉴定
GONGSHI GONGBAN：JIAONI ZENYANGZUO LAODONG NENGLI JIANDING

经销/新华书店
印刷/涿州市新华印刷有限公司
开本/850 × 1168 毫米 32　　　　　　印张/ 7　字数/ 94 千
版次/2009 年 2 月第 1 版　　　　　　2009 年 2 月第 1 次印刷

中国法制出版社出版
书号 ISBN 978 - 7 - 5093 - 0969 - 8　　　　　定价：20. 00 元

北京西单横二条 2 号　邮政编码 100031　　　　传真：66031119
网址：http：//www. zgfzs. com　　　　编辑部电话：66067024
市场营销部电话：66033393　　　　　邮购部电话：66033288